祓い屋令嬢ニコラの困りごと
3
Ito Iino
伊井野いと
Illust.
きのこ姫

もくじ

ジークハルト・フォン・エーデルシュタイン
ニコラの幼馴染にして、王立学院に通う美形侯爵の生徒会長。
「嫌だった？」
「……いちいちそういうの、聞かないでください。意地が悪いですよ」
ニコラ・フォン・ウェーバー
冴えない子爵令嬢として転生した、前世は祓い屋の女の子。

「……まだ温かい。
そう時間は経過していないと思われます」
あぁ、体温が残っているから、こんなにも
濃密に血の匂いが立ち上るのか。
アロイスはどこか他人事のように考えて、
リュカの肢体をぼんやりと見下ろした。
驚愕に見開かれた瞳。投げ出された手足。
胸を貫いたままの短刀。
そのどれもが、ひどく作り物じみていて現実味がない。
銀色に鮮やかな紅がぬらりと光る様は、
いっそ非現実的な美しささえあった。
粘り気のありそうな紅い液体と銀色の光沢が、
てらてらと光を跳ね返している。
そこまで考えて、アロイスはようやく違和感に気付いた。

祓い屋令嬢ニコラの困りごと

3

Ito Iino
伊井野いと
Illust.
きのこ姫

プロローグ

自分の容姿は、どうやら他者とは少しばかり、異なるものであるらしい。

ジークハルトがその特異性を自覚したのは、五歳の頃だったか、それとも六歳だったろうか。

少なくとも、記憶が曖昧《あいまい》なほどに幼い時分であることは間違いなかった。ただ、自分は周りと違うのだということを、幼心に漠然と悟ったことだけは覚えている。

勿論《もちろん》、当時の自分は美醜の何たるかを理解していたわけではなく。当然、今ほど上手《うま》く言語化できていたわけでもない。けれど、誘拐や監禁、それらの未遂事件を幾度となく経るうちに、己の見た目が人の執着を煽《あお》るらしいということだけは、理解していったように思う。

乱心する貴婦人たちは後を絶たず、変質者は掃いて捨てるほど現れる日々だ。その度にジークハルトの周りは騒然とし、時には流血沙汰にまで発展した。

幼児期にあってこの体《てい》たらくなのだから、のちの苦労は想像に難くない。息子の未来を憂慮《ゆうりょ》した母親は、ジークハルトに徹底して処世術を叩《たた》き込んだ。

『決して、敵を作ってはなりません。人当たりの良い、穏和な人間でありなさい』

整いすぎた見てくれは、異性の恋慕を引き寄せると同時に、同性からのやっかみをも引き寄せるのだから、と。だからこそ、人から嫌われるような人間であってはならないのだ、と。

『寄せられる恋情に、すげなくしすぎてはなりません』

好意と憎悪は紙一重だ。皮肉なことに、愛から転じた憎悪は何倍にも膨れ上がるものだから、と。

『けれど、相手に期待をさせてもなりません。『自分は特別なのだ』と誤解させてしまわぬように、常に分け隔《へだ》てなく接しなさい』

母は言った。勘違いをする余地もないほどに、徹底して平等に振る舞うことです、と。

『そうやって、手の届かない、高嶺《たかね》の憧れとしてあり続けなさい』


幼少期のジークハルトは、母の言葉の全てを正確に理解できていたわけではなかった。

ただ、幼いながらにも、自分のためを思っての教えであることぐらいは理解できたため、以来、ジークハルトはその教え通りに振る舞おうと、努力するようになった。

だが、とはいえである。『誰からも好かれるように振る舞いつつ、決して好かれ過ぎてもいけない』というのは中々に無理難題で、当然ながら、一朝一夕に身に付くような技術でもない。

時に、うっかり微笑《ほほえ》み加減を間違えて、変質者を倍増させてしまったり。

時に、つれなくしすぎて刃傷沙汰《にんじょうざた》に発展してしまったり。

そうして試行錯誤と人間観察を繰り返した結果、現在のジークハルトは出来上がったといえる。

つまるところ〝物腰柔らかく、誰に対しても分け隔てなく優しい〟というジークハルトの一般的な人物評は、意外と計算ずくのものであり、打算にまみれたものでもあった。

そうやって築き上げてきた人間関係は、広く浅く。

真に親しいと呼べる存在は片手で足りる程度しかいないものの、その甲斐《かい》あってか、ジークハルトの処世術は一定の効果を挙げていた。——そう、一部の例外を除いては。


皮肉なことに、ジークハルトの処世術は、ある種の人間を炙《あぶ》り出す篩《ふるい》としても機能するのだ。

たとえば〝現実を自分に都合の良いように歪《ゆが》めてしまえる人間〟に対して、ジークハルトの処世術はまるで意味をなさなかった。

何故《なぜ》なら『誰に対しても普遍的な優しさ』は、全て『自分に対する特別な優しさ』へと、勝手に解釈を捻《ね》じ曲げられてしまうからだ。

そして、悲しいかな。そういった類の人間が辿《たど》る末路を、ジークハルトは経験則で知っていた。

自分に都合よく解釈した、いっそ妄想とも呼ぶべき個人の認識と、現実との著しい乖離《かいり》。

それを許容できなくなった時、人は元凶を排除するために、容易《たやす》く一線を踏み越えてしまうのだ。


「……悪いけれど、君とダンスは踊れない」

そう言って、ジークハルトは静かに女生徒の手を振り解《ほど》いた。女の言葉を遮るように、自覚的に酷薄《こくはく》な笑みを貼り付けながら、ジークハルトは言葉を続けた。

「あぁ、けれど勘違いしないで欲しい。それは別に、既に相手が決まっているからじゃない。たとえ相手が居なかったとしても、私が君を選ぶことはなかっただろう」

生憎《あいにく》と、粘着質な相手に執着されることも、その果てに逆恨みをされてしまうことも、初めてのことではない。

それに、逆恨みによる害意が、自分に対して向けられるのであれば。

それはジークハルトにとって、むしろ好都合なことだった。

けれど、その恨みの矛先が、どうか、自分に無頓着なところのある少女へと向いてしまわぬように。

どうかその矛先が、正しく自分へと向くように。

ジークハルトは静かに女生徒を見据えた。

「君と婚約する気はないよ」

悪手と分かっていてもなお、敢《あ》えて突き放す言葉を選んで口にした。

ほしいものは、なんでも自分のものになりました。
だって、手にはいらないものは、
こわれて、こわれて、なくなってしまうからです。
だから、ほうら。
ほしいものは、なんでも自分のものになりました。

ばんざあい。
ばんざあい。

一章――七つ、不思議の誤謬さがし

1

「……………寒い」

全く、石造りの建物というものは、どうしてこうも冷えるのか。

ニコラは首を窄《すぼ》めてぶるりと身震いをする。

一月半ばの、底冷えのする昼休みのこと。石造りの大広間に並んだ長机は、昼食を取る生徒たちで埋まっている。そんな長机の片隅で、ニコラは恨めしげに白い息を吐いていた。

窓の向こうには、粉雪がちらほらと舞っている。年が明け、冬期休暇を終えて幾《いく》ばくか。

貴族の子弟子女や、商家の子どもが通う王立学院は、雪の降り積もる季節を迎えていた。

「そんなに寒いかしら？」

「室内はまだマシよね？」

そう言って、友人であるカリンとエルザは顔を見合わせる。どうやら彼女たちからの共感は得られなかったようで、ニコラは小さく肩を竦《すく》めるしかない。

内心で「これが若さの為《な》せる業《わざ》か……」とぼやいていれば、「何を考えてるのか知らないけど、貴女《あなた》が寒がりなだけよ」とエルザに呆《あき》れ顔を向けられてしまう。

とはいえ、寒いものは寒いのだ。自分が極端に寒がりであることは認めざるを得ないが、好きで寒がっているわけでは当然ない。

憮然《ぶぜん》として口を尖《とが》らせていれば、カリンは仕方なさそうに自分のマフラーを貸してくれた。持つべきものは、優しい友である。

「ほらほら。寒いと思ってるから、余計に寒く感じるのよ。だから、他のことで気を紛らわせましょ？」

じゃん！と言って、カリンがどこからともなく取り出したそれは、一見するとトランプのようなカードに見えた。カリンはカードを扇状に広げると、ずいっとニコラの眼前に突きつけてくる。

「え、何……？」

扇状に広げられたカードを前に、ニコラは思わずぱちくりと目を瞬《またた》く。

だが、カリンは「いいから、いいから！　ほら、好きなカードを選んで！」と、笑顔のままにじり寄ってくるばかりだった。横合いから、エルザがげんなりとした様子で口を挟む。

「諦めて適当に引いた方がいいわよ。この子、引くまで諦めてくれないもの」

その反応を見るに、エルザも既にカリンの洗礼を受けているらしい。

ミーハーな節のあるカリンのことだ。流行《はや》りのトランプ遊びか何かだろう。ニコラは小さくため息を零《こぼ》すと、観念してカリンが差し出したカードへ手を伸ばした。

だが、適当な一枚を選び、摘《つま》んで引っ張り出しかけたところで、はたと気付く。そのカードの形状は明らかに、トランプよりも縦に細長いのだ。

持ち手に隠れていたせいでトランプのように見えたが、明らかに違う。何か別のものだ。

その見覚えのある形状に、ニコラは思わず呻《うめ》いた。

「げっ、待ってこれ、タロットカードじゃ……」

だが、咄嗟《とっさ》に指を離そうとするも、時すでに遅く。「ニコラが選んだのは、このカードね！」と、あっさりカードは引き抜かれ、机の上に伏せられてしまう。

「そうなの！　これは、最近はやりのタロットカード！」

カリンはずいっと身を乗り出すと、いつになくはしゃいだ様子で語り出した。

「あのねあのね、タロット占いっていうのは、自分の潜在《せんざい》意識にある答えを聞く占いなんだって！　実は、人の顕在《けんざい》意識って一割ほどで、残りの九割は潜在意識らしいのね。だから、タロット占いは私たちの潜在的な直感力によって、無意識のうちに感じ取っている未来を言語化してくれるものなの！」

まさに立て板に水。水を得た魚。

カリンは得意げに説明を捲《まく》し立てるものの、ニコラは据わった目でそれを聞き流すばかりだった。

なぜならニコラは、説明されるまでもなく、それを知っているからだ。

二十二枚の寓意画《ぐういが》が描かれた、大アルカナ。そして、『棒』『金貨』『剣』『聖杯』という四つの組《スート》と数字に分けられた、五十六枚の小アルカナ。それら、計七十八枚からなる、タロットカード。

潜在意識によって、無意識下に感じ取っている未来を導き出すという性質上、遠い未来ではなく近々の未来を占うことに特化した、占いの手法である。

「それで、ニコラが選んだカードの意味は何だったの？」

エルザが伏せられたカードをぺらりと捲《めく》って、ちらりとカリンを横目に見遣《みや》る。

「ええと、ちょっと待ってね……。これは逆位置の、聖杯の2だから……？」

カリンは分厚い解釈本を鞄《かばん》から取り出して、ぱらぱらと捲り出した。

だが、ニコラはカリンが該当のページを見つけるよりも先に、げんなりと呟《つぶや》く。

「……いい、知ってる。〝好きな異性との関係が悪化して、距離が離れてしまう〟でしょ」

ニコラの呟いた言葉は、どうやら正解だったらしい。

カリンの緑がかった灰色の目が、みるみると大きく見開かれる。驚きも顕《あら》わに、カリンはぱっとニコラを見遣った。

「あってるわ、すごい！　あっ……でも、あんまり良い意味じゃないから、喜んじゃ駄目よね。ごめんなさい」

根が素直な少女は途端に気落ちした様子で、悄然《しょうぜん》と肩を落としてしまう。

エルザは呆れたように嘆息すると、ぽんぽんと慰めるような手つきでカリンの背を叩《たた》いた。

「じゃあ、良い意味のカードが出るまで引き続けたらいいのよ。終わり良ければ全て良し、でしょ？」

そう言って、エルザは軽く肩を竦めてみせた。現実主義の彼女は、根本的に占いというものを信用していないのだろう。エルザらしい言葉に苦笑して、ニコラもまた頷《うなず》いた。

カリンもミーハーではあるが、決して悪い子ではないのだ。友人が気落ちしたままでは、ニコラとしても寝覚めが悪い。

「ほらカリン、もう一度カードを引かせてよ」

「う、うん……」

ニコラがそう言えば、カリンは気を取り直すように頷いて、おずおずとカードを差し出した。

その中から適当に一枚引いて、ぺらりと絵柄を捲る。

「あーウン、もう一枚、引かせてもらおうかな……」

ニコラは何とも微妙な表情で、二枚目に引いたカードをそっとテーブルに伏せる。

次いで、引いたカードは三枚目だ。だが、これにもニコラは頬を引き攣《つ》らせた。

「つ、次……」

だが、むきになってもう一枚、もう一枚と続けざまに引いてみるも、眉間の皺《しわ》は深くなっていくばかりだった。プラスの意味を示す絵柄が、とんと出てこないのである。

引いたカードが合わせて五枚を超えたあたりで、ニコラは諦めて天を仰いだ。

「待って、ここまで不穏なことって、ある……？」


逆位置／聖杯2／好きな異性との関係が悪化して、距離が離れてしまう。

正位置／月／周囲の人の気持ちが見えずに、必要以上に心配してしまう。

逆位置／剣8／予測できない問題や困難、障害に巻き込まれてしまう。

逆位置／棒５／悩み事がさらに複雑な状況になり、解決の糸口をつかめない。

逆位置／戦車／思い通りに進まず、どう動いていいのか分からず、混乱してしまいがち。


一枚くらいはマシな絵柄が出てもいいだろうに、あんまりな未来ではなかろうか。

ニコラは苦虫を噛《か》み潰したように顔を歪《ゆが》め、力なくカードを机へと放り出した。

「ごめんね、私が占いなんて言い出したから……！　このカード、ニコラにあげるわ！　そうよ、明日引き直したら、結果が変わるかもしれないし……！　ねっ？」

あまりにも不吉な結果の連続に、カリンはもはや半泣きである。占いを信じていないエルザでさえ、気の毒そうに視線を彷徨《さまよ》わせるものだから、ひどく居た堪《たま》れない。

「……ほ、ほら、その、占いなんて迷信だわ、偶然よ。ね？」

「…………そう、偶然、ね。ハハ」

慰めの言葉を口にするエルザに、ニコラはもはや、遠い目で乾いた笑いを零すばかりだった。

当たるも八卦《はっけ》、当たらぬも八卦。そう思えたのなら、どれほど良かったことだろう。

前世、祓《はら》い屋――。数奇にして特異な経歴を持つニコラにとって、占いというものは俄然《がぜん》、意味を持つものなのだ。

残念ながらニコラにとって、占いはただの気休め程度のものではないのである。どうせ明日カードを引き直したところで、結果は似たり寄ったりだろうと分かっているからこそ、頭が痛い。

かつて、師事していた師は言った。

「知ってるかァ？　アインシュタイン曰《いわ》く、人間は潜在能力の10％しか引き出せていないんだとヨ。俺たちみてェな霊能者ってのは、ちィーとばかし、人より使える割合が多いンだろーな」と。

要するに祓い屋にとって、潜在的な直感によって近い未来を導き出すタロット占いは、いささか相性が良すぎるのである。

無意識に察知しているらしい、何とも不穏な未来に、ニコラはテーブルに突っ伏しながらため息を吐いた。

◇

しがない子爵令嬢、ニコラ・フォン・ウェーバーには、所謂《いわゆる》前世の記憶というものがある。

ニコラには、黒川六花《くろかわりっか》という、別人の人生を歩んだ記憶があった。

しかも、その記憶を持ったまま、彼女は全くの別世界に生まれ直してしまったのである。

日本という小さな島国に生まれた前世の彼女は、生まれつきよく見える側の人間だった。

見えるといってもただ目が良いとかそういうわけではなく、とりわけ人ならざるモノがよく視《み》えてしまったのである。

幼少期、小学校と経るうちに、人と見えていく景色が異なっていることには気付いていくものの、だからといって、普通の人に溶け込むことは容易ではなかった。

目の前の横断歩道に転がる、血まみれの女性を自覚的に踏みつけには出来ないし、突然目の前に飛び出して来られると身が竦む。妙なモノに追いかけられると逃げるしかない。

そういった仕草や言動は、どうしたって周囲からは浮いてしまうのである。

周囲に馴染《なじ》めず、実の親からさえも気味悪がられた子どもに、居場所などあるはずもない。

彼女は半ば拾われるような形で、同じモノを視る三十路《みそじ》の男のもとに転がり込む羽目になった。

さてこの、煙草《たばこ》と無精髭《ひげ》と三白眼がトレードマークの拾い主。この男の営む稼業というものが、これまた何とも胡散臭《うさんくさ》いものだった。

怪異・幽霊・都市伝説・呪いのエトセトラ。

不可思議で異様、法則不明で、道理では説明がつかない現象たち。

人ならざるモノが引き起こすトラブルを解決するための、知識と術を身に付けた専門稼業、祓い屋。

それが男の生業《なりわい》であったのだ。

最初こそ自衛のために教わっていた祓い屋の技術は、いつしか自分自身の矜持《きょうじ》にもなり、気付けば彼女も祓い屋として生計を立てるようになっていった。

そして、ひょんなことから命を落とし、何の因果か異世界に生まれ直して早、十五年。

前世で培った知識と技術はそのままに、ニコラは貴族や商家の子どもが通う学院に入学していた。

——なぁ聞いたか？　一階女子トイレの、辺りを染め上げる人魂《ひとだま》と、ポルターガイスト。

——聞いたよ。夜中トイレに行った男子生徒が、遠目に目撃したらしいね。

──七不思議の三つ目と四つ目だな。

背後を通りすがる男子生徒たちの間で、そんな会話が交わされるのが聞こえる。

その手の話についつい耳を傾けてしまうのは、昔取った杵柄《きねづか》か、はたまた職業病か。ニコラはぴくりと耳を震わせて、突っ伏した長机から緩慢《かんまん》に顔を上げた。

「……本当に、つくづく皆オカルトが好きね。やれ占いだ、やれ七不思議だなんて、飽きもせずに」

噂話《うわさばなし》に反応を示したニコラに対し、エルザは呆れた様子で肩を竦めてみせた。

「七不思議なんて、昔から不定期に流行るものだけど……。占いが流行る理由は分かりやすいわよね。学内の舞踏会が近いからだわ」

エルザの言う舞踏会。それは約一ヶ月後に迫った、学内でのダンスパーティーだった。

貴族や有力商人の子弟子女たちが通う、この学院において、婚約者探しやパトロン探しも生徒にとっては重要な課題なのだ。

そのお披露目にもなる舞踏会は生徒たちにとって、またとない晴れ舞台である、らしい。

運動もダンスも苦手なニコラとしては、迷惑極まりない催し物なのだが、悲しいかな、全員参加の行事だという。

「ほら、舞踏会のファーストダンスで踊る相手は、婚約相手でしょう？　だから、ファーストダンスの相手に誘われるっていうことは、実質、婚約の申し込みなのよね」

婚約者と在学期間が重なっている生徒は、その相手と踊ることで、婚約のお披露目を。

そうでない生徒は、ファーストダンスに誘い、了承し合うことで、婚約の申し込みとその受諾《じゅだく》を。

一方で、宝飾品やドレスを扱う商家出身の生徒は、商魂たくましくも、生家の売り込みに。

かくして様々な思惑が渦巻く学院は、どことなくそわそわとした空気が漂っていて、生徒たちは皆一様に、浮き足立っているのである。

意中の人間に誘ってもらえるか、了承してもらえるか。

はたまた商談が上手《うま》くいくかどうか、大口パトロンを摑《つか》めるかどうか。

占いが流行るのは、そういった不安を和らげたかったり、背中を押して欲しいという心理が働いているのだろう。ニコラはやれやれと嘆息する。

「ねぇねぇ、エルザは確か、もう婚約者がいるのよね？」

今泣いた烏《からす》がもう笑う。タロットの不吉な結果に半べそをかいていたはずのカリンが、打って変わって好奇心に爛々《らんらん》と目を輝かせる。

どうやら他人の色恋沙汰となると、途端に興味が湧くらしい。良くも悪くも、女の子らしい。

「まぁ、姉はもう亡くなってるし、今は私が家の長子だから……。確かに、婚約者はだいぶ昔に決まってるわね」

「じゃあ、じゃあ！　もうその婚約者さんに誘われたのね？」

だが、エルザは小さくため息を吐いて、じとりと胡乱《うろん》げにカリンを見遣る。

「……誘われたけど、生憎《あいにく》とカリンが期待しているような、浮ついた話はないわよ。婚約が定まっている間柄なら、誘いかけも受け答えも全部、予定調和の様式美なんだから。踊ってくださいはい喜んで。一分で終わる問答だったもの」

伯爵令嬢であるエルザには、既に決まった婚約相手がいるらしい。

なるほど、婚約相手と在学期間が重なっているのなら、当然そこに、拒否権や選択肢など存在しないだろうが。

カリンは「えぇ、夢がないなぁ……」と、不満げに唇を尖らせる。

「カリン。そういう貴女はどうなのよ」

商家の娘であるカリンには、まだ決まった婚約者はいないはずだった。

つまりそれは、婚約前提の誘いかけに、一喜一憂できる身分であるということで。

エルザの指摘に、カリンはきょとんと目を瞬かせた。

「えっ、私？　私はまだ、一年生や二年生のうちは、様子見のつもりね。商家の息子と結婚するにしろ、貴族の次男三男と結婚するにしろ、商売や家の栄枯盛衰なんて水物じゃない。婚約者を決めるのは、三年生になってからね」

意外や意外、ミーハーな割に手堅いことを考えている。ニコラは少しだけ驚いて、エルザと顔を見合わせた。

家督《かとく》と家格の存続が第一の貴族と商家とでは、まず根本的に考え方が違うらしい。

「だから今年と来年のファーストダンスは、壁の花かなぁ」

「そうなの？」

「あくまでもファーストダンスの間は、よ。まぁ、壁の花と言っても、実際は大忙しなんだろうけどね」

壁の花。公式の舞踏会においては、甚《はなは》だ不名誉なその称号。

だが学内の舞踏会において、そして少なくともファーストダンスの間では、その限りではないのだとカリンは言う。

「だってほら、仮に婚約者がいたとしても、相手と在学期間が被《かぶ》ってなければ、婚約者以外の人と踊るわけにはいかないでしょ？　だから一曲目、ファーストダンスの間は、壁の花でも別に恥じゃないのよね。仕方がない人たちもいるわけだから」

カリンはそこで一度言葉を切ると、でもね、と意味深に瞳を煌《きら》めかせる。

「問題は、セカンドダンスが始まってから。どんな相手と踊ってもいいセカンドダンス以降に、壁の花だとね、これはやっぱり恥ずかしいことになっちゃうの。だから、婚約成立している人たちがファーストダンスを踊っている間に、みんな死に物狂いでセカンドダンスの相手を探すことになるんだって……だから壁の花と言いつつ、のんびりしてられないの」

エルザもカリンの言葉に頷いて「私も昔、姉から聞いたことがあるわ」と言葉を継いだ。

「姉曰く、壁際はかなりの修羅場だって話だったわ。条件の良いフリーの人を巡って、男女共々、パートナーの座を取り合うことになるんだって」

「へ、へぇ……」

つまり壁の花と言いつつ、実際には獲物《えもの》を奪い合う食虫植物であるというわけか。

ニコラは頬を引き攣らせると、決して壁際には近付くまいと心に誓う。

あらぬ方角を向いて、決意を新たにしていれば、今度は二人の視線がグサグサと突き刺さるのが分かった。興味津々、好奇の目だ。

「ねぇねぇ、ニコラはどうなの？　もう、お誘いされたのかしら？」

ニコラは、ぎくりと身を強張《こわば》らせた。そっぽを向いて視線を泳がせるも、側頭部に視線が集まっているのがヒシヒシと伝わってくる。

いや、それどころか周囲の生徒まで聞き耳を立てている気配さえあって、ニコラは冷や汗を流しながら身を縮こまらせた。

「ねぇ、どなたにお誘いされたの？　それともこれからされるの？　ねぇねぇ！」

「え、えーと……それ、は……その……」

ニコラは身を乗り出したカリンに詰め寄られながら、しどろもどろに言い淀《よど》むしかない。

助けを求めてエルザへと視線を向ければ、エルザは意味深な流し目と共に、口を開いた。

「こーら、カリン、あんまり根掘り葉掘り聞くのは可哀想よ。お相手の身分が身分だから、言いたくても言えないような事情があるのかもしれないでしょ？」

エルザの含みのある物言いに、カリンは「それもそうね！」と手を打つ。

その反応に、彼女たちの碌《ろく》でもない勘違いを悟ったニコラは慌てて口を開いた。

「いや、それはちがっ――」

だが、否定の言葉は最後まで紡げなかった。背後からにゅっと伸びてきた手によって口を塞がれたからだ。

ニコラはぎっと眦《まなじり》を吊《つ》り上げて、口を塞いでいる手の持ち主を睨《にら》みつけた。

「やあ、お嬢さんたち。歓談中に申し訳ないけど、ニコラ嬢を借りていっても良いかな？」

頭上から降ってきた、能天気にも明るい声音。

ニコラの口を塞いだままのその人物は、ついと形の良い眉を上げると、にっこりと微笑んだ。

蜂蜜色の髪に、エメラルド色の瞳。甘い容貌《ようぼう》のその人は、この国の第一王子である。

ニコラの背後に立った彼は、ニコラの口を塞いでいない方の手をひらひらと振ってみせた。

突然のことに目を白黒させている、エルザとカリン。二人に向かって、その人物――アロイスは小首を傾《かし》げ、人懐っこく笑いかける。

「ね、少しだけ。いいかな？」

いいわけがあるか。そう抗議したいのに、口を塞がれているのではそれも叶《かな》わない。

エルザとカリンは茹《ゆ》で蛸《だこ》のようにぽっと頬を赤らめると、すぐにこくこくと頷いてしまった。

どうやらニコラ自身には、拒否権は与えられないらしい。

「ありがとう。じゃあ、ちょっとだけ借りるね」

アロイスはエルザとカリンの了承を得ると、ニコラの口を塞いでいた手を離した。そのままくるりとニコラの向きを変えると、その背中をぐいぐい押して食堂の出口を目指し出す。

周囲の生徒たちが何事かとざわつく気配を背中で感じながら、ニコラはこれでもかという程に顔を歪めるばかりだった。

2

古く堅牢《けんろう》な石造りの校舎は、僅《わず》かに石と砂埃《すなぼこり》の特有の香りがする。

ニコラはアロイスの背中を追いながら、辺りに視線を巡らせた。

文明レベルでは、おおよそ十八、十九世紀頃の西洋世界である割に、男女共学であったり、生徒会が存在したりと、どこか日本らしい学校制度。時代観にそぐわぬ服飾。

ニコラがこの世界に生まれ落ちて以来、漠然と感じていた〝ちぐはぐさ〟の正体は、ほんの数ヶ月前に、誰もが望まない形で暴かれてしまった。

この世界は、フィクションと現実の融合した異世界なのだ。この世界は、ある女が夢見た、夢のあとさきだった。


かつて、日本に一人の少女がいた。

人ならざるモノが視えてしまうせいで、周囲から気味悪がられ、孤独に過ごしていた少女。

生い立ちこそ六花とそう大差ない、六花と鏡写しの様な女の話だ。

六花とその少女の命運は、単に同じ景色を共有できる同胞と出会い、孤独を脱せたか否か。それに尽きるだろう。

六花には、ちゃらんぽらんな師と、適当大雑把でお調子者の弟弟子がいた。

一方で、引きこもり、外界との関わりを断ってしまったその女は、やがて自分を理解しない世間を呪うようになった。そして、彼女は悪魔に生贄《いけにえ》を捧《ささ》げ、こう願ったのだ。

――乙女ゲームの世界に、転生させてくれ、と。

さて、世界を請《こ》われてしまった悪魔は、随分と苦心したことだろう。

何せ、乙女ゲームの情報のみを基《もと》に再現した空間は、到底『世界』と呼べようはずもない。主人公《プレイヤー》の、いち主観を通した行動範囲の情報だけでは、世界を構築する要素が圧倒的に足りなかったのだ。だからこそ、ゲームの設定に近い年代の、実際の西洋世界をベースにしたのだろう。ニコラはこの世界を、そう解釈していた。

何にせよ、悪魔に転生を願った女――オリヴィアはもはや、この世にいない。故《ゆえ》にこそ、やはりこの世界は彼女の夢のあとさきなのだ。

そして『世界』であるからこそ、オリヴィアが居なくとも世界は回る。

世界とは、数多《あまた》の主観と客観の集合体だ。

オリヴィアという、いち主観が消失しようとも、「オリヴィアの死」という他者からの客観が、その空白を埋める。それが世界というものだ。

オリヴィアのために構築された世界は、彼女が『世界』を願ったが故にこそ、オリヴィアが死のうとも変わらず続いていくのである。

目の前を歩く蜂蜜色の後ろ頭を見つめながら、ニコラは内心「つくづく皮肉だよな」と独《ひと》りごちた。

オリヴィアによれば、今ニコラを先導して歩くアロイスも、そしてここには居ない、ニコラの十年来の幼馴染《おさななじみ》や、アロイスの護衛の従者もまた、乙女ゲームの攻略対象なのだという。

確かに彼らの身分や生い立ち、容姿などは、ゲームの設定をなぞっているのかもしれない。

けれど一方で、彼らは敷《し》かれたレールの上を歩いているのではなく、日々選択を繰り返している、生きた人間でもあるのだ。そこには意思があって、同じく思いも感情もある。

それを嫌というほどに知ってしまっているからこそ、どうにも妙な気分だった。

「……あの、どこまで行くんですか」

先導されるがまま、長い廊下を進み続けながら、ニコラはアロイスの背中に問いかける。

すると、アロイスは肩越しに振り返って「人気《ひとけ》のない所だよ」と片目を瞑《つむ》ってみせた。そして再び足を動かし始める。

ニコラは憮然とした表情を作って、「そういえば」と地を這《は》う様な声で唸《うな》った。

「……下手な怪談より怖いことに、私が殿下の婚約者だという噂《うわさ》が流れているらしいんですが」

「下手な怪談よりって、アハハ、相変わらず辛辣《しんらつ》だねえ。へこんじゃうなあ」

「落ち込むなら、もっと顔と声を作ってから出直して来てください」

このやろう、とニコラはじとりと半眼になって、アロイスの後頭部を睨んだ。

相手が王子であろうと、年上だろうと不敬だろうと、知ったことではない。もはや隠すことなく舌打ちをするも、相手は咎《とが》めることはしなかった。

アロイスは可笑《おか》しそうに肩を揺らしながら、突き当たりの階段を上がっていく。

一体どこまで行くつもりなのだろう。そんなことを考えながら、ニコラはため息を吐いた。

ニコラが先ほど文句を言った通り、学院内には現在、甚だ不本意な噂が出回っているのだ。

それもこれも、原因はアロイスが最近何かと衆人環視の中で話しかけてくるせいだった。

ニコラは子爵令嬢から、いずれ侯爵令嬢にジャンプアップすることが決まっているという裏事情がある。つまり現状、婚約者が確定していない、数少ない高位貴族令嬢として、ニコラはアロイスの婚約者候補に（一応は）数えられていた。だからこそ、邪推する的としては格好なのだろう。

要するに、尾鰭《おひれ》も胸鰭《むなびれ》も背鰭《せびれ》もついた噂話が、学内を回遊魚のように泳ぎ回っているのだ。

「ほーんと、面白い噂だよねぇ。……だけど、現時点で否定するのはお勧めしないなあ」

「……分かってます。あまりにも不本意な勘違いに、つい条件反射で否定しそうになっただけです」

ニコラが思わず苦虫を噛み潰したような顔をすれば、それさえもが面白いのだろう。アロイスはまた可笑しそうに、肩を揺らしてくつくつと笑う。

「そうだねえ、君の婚約相手はジークなんだから、そりゃあ不本意だよねえ。やっと、ようやく、とうとうついに！　君も恋心を自覚したみたいだし？　いやあ、僕の親友が報われて何よりだよ」

「……余計なお世話って言葉、知ってます？」

「もちろん知ってるよ。厚意を素直に受け取れない、不器用な子がよく口にする言葉だよね」

アロイスは揶揄《からか》うような口振りでそう言うと、楽しげに肩を竦めた。

「舞踏会当日、君はジークと踊るし、僕はシャルロッテ嬢と踊る。そして、それぞれの婚約が晴れてお披露目になる」

「……そう、ですね」

ジークハルト・フォン・エーデルシュタイン。ニコラの二歳年上の幼馴染にして、数ヶ月前に、ニコラが相思相愛であることを自覚した相手でもある。

だがこの幼馴染、かなり厄介な身の上でもあるから、困りものだった。

何せジークハルトは、比類ないほどに整った容貌の持ち主なのだ。ついでに言えば、頭脳、運動神経に至るまで無駄に優秀な、まさに神がやる気ある時に作りたもうた完璧人間である。

だがその一方で、美しすぎるものは、ありとあらゆるモノを惹《ひ》き付けてしまうのだ。

面倒なことに、それは人も人外も問わずのことだった。綺麗《きれい》なもの、美しいものが好きなのは、何も人間に限ったことではないのだから、仕方がない。

だからこそ、そんな幼馴染を人ならざるモノから守ることは、ニコラの十年来の日常だった。

けれど、ニコラに出来るのは、人外のモノを祓うことだけだ。ニコラは臍《ほぞ》を噛むように、小さく拳を握り込む。冷たい風が吹きつける、渡り廊下の上。

アロイスはくるりと振り返り、ニコラと向き直った。

「でもね。ジークとの婚約は、まだ伏せておく方が君のためだよ」

「………………ちゃんと、分かってますよ」

脳裏に過《よ》ぎるのは、先ほど引いたばかりのタロットカード【逆位置・聖杯の2】だ。

ニコラは長い長いため息を零すと、歯痒《はがゆ》さを押し隠すように唇を引き結んだ。

ジークハルトの容姿は時折、厄介な人間をも引き寄せる。

それは現代日本でいうところの、所謂ストーカーという人種だった。どうやら今回も、彼は意図せず厄介な人間を引っ掛けてしまったらしいのである。

残念ながら、生身の人間を相手に、ニコラが出来ることなど何もない。

それどころか、フィジカル面では一般人より遥《はる》かに劣るニコラでは、お荷物にしかならないのである。それこそ人質などになってしまった日には、目も当てられない。

自惚《うぬぼ》れでも何でもなく、ジークハルトはニコラを大事にしている、と思っている。

だからこそ、自分が幼馴染にとって、アキレスの踵《かかと》である自覚はあるのだ。ニコラは大人しく、目立たないようにしておくのが最適解なのだろう。そう、分かっては、いるのだ。

——いっそ生霊《いきりょう》でも飛ばしてくれたなら、こちらの領分なのに。

そう思ってしまうのは、もうどうしようもない。ニコラは内心で毒づいて、吹き抜ける風に小さく身震いした。

吹きさらしの渡り廊下からは、横目に雪が積もる中庭が見渡せる。そこに、誰かと歩くジークハルトの姿を見つけて、ニコラは足を止めた。

アロイスも察したように、同じように足を止める。

「気になる？」

アロイスはニコラの視線を辿《たど》りながら、揶揄《やゆ》するように口端を持ち上げる。

「彼女はね、新しい副生徒会長だよ。君の一学年上で、僕らの一学年下の、ね。舞踏会の企画運営は生徒会の仕事だから、最近は何かと行動を共にしてるみたい」

「…………あぁ、あれ、彼女なんですか」

「……まぁ、ね」

ニコラの呟きに、アロイスは何とも言い難いような、苦い表情を浮かべるだけだった。

要するに、その人物は死んだオリヴィアの後釜らしい。アロイスは件《くだん》の女生徒を見下ろすと
「嫉妬《しっと》とか、しちゃったりする？」と口端を持ち上げた。

ニコラはそれを、「まさか」と鼻で笑い飛ばす。

「嫉妬なんて、しませんよ」

少女漫画にせよ、月曜九時の恋愛ドラマにせよ、報連相を怠るから、何かとトラブってしまうのだ。

その点、ジークハルトは抜かりない。

彼が生徒会で忙しいのは既に聞き及んでいるし、何より、その程度でいちいち妬《や》いていられるほど、
ニコラは暇ではない。

アロイスはニコラの返答に、数回瞬《まばた》きをした。それから「それ、もはや長年連れ添った夫婦の反
応だよ」と茶化すように笑うので、ニコラは遠慮なく虫けらを見るような視線をくれてやる。

「……そんなことより、さっさと本題を話したらどうですか？　ここなら人気もないでしょう」

ニコラは中庭から視線を外すと、横目にアロイスを見上げた。

今は昼休みである。大半の生徒は食堂《ダイニングホール》に行っているか、思い思いの場所で昼食を取っているか
のいずれかだ。辺鄙《へんぴ》な場所にある渡り廊下まで、用もなく来る輩《やから》はいない。

ニコラが水を向けると、アロイスは「そうだった、そうだった」と緩く頷いた。

それからおもむろに手紙を取り出すと、「はいこれ。ジークから」とニコラに手渡した。

「……毎度毎度、伝書鳩《でんしょばと》お疲れ様ですね」

「自分から買って出たことだからね」

嫌味を込めて軽口を叩いてみても、アロイスは微塵《みじん》も堪《こた》えた様子がない。

ニコラは軽い舌打ちを落として、手紙を受け取った。

「それって次の逢引《あいび》きの、日時と待ち合わせの連絡でしょ？」

アロイスの軽い茶々に、ニコラは目を眇《すが》めた。

「逢引きというか、生命維持のためのメンテですよ」

ストーカーとは関係なしに、ジークハルトは相も変わらず人外ホイホイなのだ。

学内で接触することを避けている以上、どこか別の場所に赴いて祓うしかないのである。そのついでに、ちょっとお茶をするくらいだった。

アロイスからは「そういうのを逢引きって言うんじゃないの」と言わんばかりの表情を向けられるが、ニコラは全力で黙殺した。

密会場所も、わざわざ学院から離れた所を選び、待ち合わせの時間も帰寮もずらして無関係を装う徹底ぶりである。そして、その連絡手段がアロイスというわけだった。

「ねぇねぇ、次の逢引きは僕も同席しちゃだめ？」

「はい？　いや、そもそも何故」

アロイスの唐突な提案に、ニコラは思わず眉根を寄せる。

するとアロイスは、悪戯《いたずら》っ子のように目を細めて笑った。挙句に「だって、最近アニマルセラピー不足なんだもの」などと宣《のたま》うのだ。

いよいよ意味が分からず、ニコラは胡乱《うろん》げな視線をアロイスに向ける。

「だってほら、戯《じゃ》れつく大型犬と、虚無《きょむ》顔でされるがままの猫とかさ。寒いからって「背に腹はかえられぬ」みたいな顔で引っ付かれるのを許容する猫ちゃんと、確信犯なわんちゃんとか！　そういうのって、傍《はた》から見てるだけで癒《いや》されるでしょ？　だから僕も同席して、眺めてたいなって」

ニコラはぴしりと固まった。

それからややあって、盛大に眉を顰《ひそ》めてアロイスを睨み上げる。

「……その猫ってまさか、私だとか言わないでしょうね」

「えっと、他に誰がいるの？」

言い得て妙でしょ？と、アロイスは得意げに笑う。

ニコラは鼻の頭にきゅっと皺を寄せて唸った。

「私が猫だというのなら……。その無駄に整った童顔《どうがん》ひっ掻《か》き回して、ぎゃりぎゃりにしてやりましょうか。だって猫は爪を研《と》ぐ生き物でしょう。ほら、さっさとそっ首よこしてください。早く」

だが、ニコラが凄《すご》んでみせても、アロイスは「わーこわい」と愉快げに笑うだけ。不毛である。

だいたい、アニマルセラピーをお望みというのなら、自分の忠犬従者と戯《たわむ》れていればいいのだ。

熱血具合の暑苦しさといい、堅物《かたぶつ》具合といい、ちょっと賢いシェパードと大差ないだろうにと、ニコラは毒づいた。

それから手紙を鞄に仕舞い込むと、ニコラはふてぶてしく腕を組む。

「で。要件は以上ですか」

「ジークの分は、以上だね。……で、こっちは僕から」

そう言って、アロイスは制服のポケットから紙を取り出すと、それをニコラに手渡した。

それは手紙というよりも、簡易なメモといった方が正しいだろうか。

「これは？」

「そっちは、君からの頼まれごとの方だよ。例の、七不思議の噂話についての調査」

ニコラは「あぁ……」と気の抜けた声を出した。

そういえばそんな調査を頼んでいたなと思い出す。

メモに目を落とせば、そこには読みやすいが、所々奔放《ほんぽう》に跳ねる文字が綴《つづ》られていた。ニコラは大きな箇条書きの項目にだけ、ざっくりと目を通していく。

・音楽室を這い回る手首
・校内を徘徊《はいかい》するドッペルゲンガー
・辺りを染め上げる人魂《ひとだま》
・ポルターガイスト
・西塔から飛び降り続ける女子生徒
・引き摺《ず》り込まれる大鏡
・赤い紙・青い紙

そのうちの一つ、『西塔から飛び降り続ける女子生徒』を指でなぞって、エルザが微妙な顔をしていたのはこれが理由かと苦笑する。

エルザの姉はその昔、確かに学院の西塔から身を投げた。

原因は男女関係の縺《もつ》れであったのだが、彼女を死に追いやった男は全く悪びれることもなく、未だ学院の教師として在籍していたのだ。

エルザは男が反省していないことを悟《さと》る機会があり、男を怖がらせるために、わざと姉の幽霊の噂を流したという過去がある。だからこそ、自分が意図的に流した噂が七不思議として数えられていることに、複雑な気分だったのだろう。

顔を上げ、早かったですねと呟けば、アロイスは「ジークは生徒会で忙しいし、僕も暇を持て余してたんだよね」と肩を竦めた。

「僕やジークは、この七不思議に関連する場所に、なるべく近付かないようにしてたらいいのかな」

アロイスの言葉に、ニコラは小さく首肯する。

怖い話は噂から始まるのだ。噂をすれば影が立つ。影が立てば実となる。

怪異とは、そうして育まれるものだった。

「ええ。そのうち祓いには行きますけど、それまでは一応、避けといた方がいいでしょうね」

ため息交じりに素っ気なく答えれば、何故かアロイスはぎょっとしたように目を丸くする。

「えっ！　面倒くさがりの君が、自主的に動いてくれるっていうの⁉」

そう言って、アロイスは大仰《おおぎょう》にのけ反る。

ニコラは渋面を作ると、アロイスをじとりと睨《ね》め付けた。

「失礼な……何ですかその驚きよう」

「いやだって、『面白半分で、自分から首を突っ込むような人間は、絶対に助けない』っていうのが君の方針でしょ？　ほら、以前、廃墟《はいきょ》に肝試しに行く羽目になった時だって、かなり怒ってたのに」

あぁ、そんなこともあったな、とニコラは遠い目になる。

あれはまだ、入学してすぐの頃。アロイスと知り合って間もない頃だったか。

確か隣国の第三王子と、その取り巻きの留学生たちが肝試しに行くと言って聞かず、アロイスも同行する羽目になったという、いつぞやの神隠しの一件である。

「だからてっきり今回も、『怪談なんて、噂する奴らが悪い』って、傍観《ぼうかん》するのかと思ったんだけど……」

アロイスは、どこか拍子抜けしたようにそう言った。

「じゃあ、何でわざわざ七不思議を調べさせたと思ってるんですか」

ニコラが胡乱な眼差《まなざ》しを送れば、アロイスは「僕に対する、首を突っ込むなよっていう警告なのかと……」と、珍しく困ったように眉尻を下げる。

ニコラは一つ嘆息を落とした。

「別に……自分の生活スペースに小蝿《こばえ》が湧いたら、誰だって目障りに思うでしょう。それと同じです。私だって、たまには能動的に動くこともありますよ」

ニコラは肩を竦めると、アロイスに背を向けて歩き出した。

「あぁ、それと。調べてくれて、ありがとうございました」

言い逃げのようにそう告げれば、アロイスの苦笑が背中越しに聞こえた気がした。

3

さて、とはいえである。

七不思議を祓うとは言ったものの、どうしたものか。

ニコラは午後一番の授業に向かいながら、ため息交じりに考える。

とりあえず、七不思議の場所を回ってみないことには始まらないだろう。

だが、学内に点在するポイント全てを、一人歩きしたいかといえば、答えはもちろん否だった。

面倒臭いとも言う。

「うん、弟弟子を巻き込もう。それがいい」

お誂《あつら》え向きに、午後最初の授業は選択科目であり、彼、もとい彼女と授業が被っている。

よくよく考えれば、共有の生活空間を、自分一人で掃除して回る謂《いわ》れもないのである。

ニコラはひとり納得すると、足取り軽く美術室へ足を向けた。だが、

「よーう、姉弟子。オレがなんだって？」

四階の美術室に向かう、その途中。階段を上《のぼ》りかけたところで、背後からにゅっと伸びてきた腕が首元に回る。それと同時に背中に当たる、柔らかな胸の感触。

ニコラは自分の首を絞め上げる犯人の名を呼ぶべく、不機嫌そうな声音を紡いだ。

「……シャル」

ふわふわに波打つ、ミルクティー色の髪。悪戯っぽく輝くオリーブの瞳。

そのままニコラの肩にあごを乗っけた美少女が、耳元でくつくつと楽しそうに喉《のど》を鳴らす。

シャルロッテ・フォン・ローゼンハイム。

前世、六花と同じ経緯で生贄として殺され、かつ悪魔の純然たる嫌がらせによって、ゲームの主人公《ヒロイン》の座に据えられてしまった、哀れな弟子である。

ニコラはその腕をべりっと容赦なく引き剝がすと、そのままシャルの腹を肘《ひじ》で小突いた。

「……仮にもあんた、侯爵令嬢になったんでしょ。そんなガサツな仕草でいいの」

「おー、なに？　腕を組む方がお好みって？」

「そういうことじゃない」

だが、シャルはニコラの言葉などどこ吹く風だ。

けらけらと揶揄《からか》うように笑うと、するりと細い腕を絡めてきた。途端に先ほどよりも強く押し付けられる、柔らかな感触。ニコラは嫌味かと、露骨に顔を顰《しか》めた。

「やめてよ……それに、」

らしくない。そう続けようとして、だが、ニコラはそれを無理やり呑《の》み込んだ。

ニコラが口を噤《つぐ》めば、シャルは気にした様子もなく「いいじゃん、減るもんじゃなし」と軽い足取りで歩き出す。ニコラは嘆息と共に、渋々シャルと並んで階段を上り始めた。

最近、たとえば学内でばったりと出くわしたりするような、日常の中のふとした瞬間の中で、シャルはこうして腕を絡めてくることが増えた。

家族と呼ぶには気恥ずかしい、身内と称するのがしっくりくるような間柄だ。そこには今更、遠慮も恥じらいも存在しない。背中を預けられるくらいには、信用も信頼もしている。けれど、

——前世《まえ》は、腕を組んだりしたことはなかったのに。

どうにも、弟弟子らしくない行動のように思えてしまうのである。

同性同士になったことで、距離が縮まったと思えば納得できなくもないのだが。ニコラはどこか釈然《しゃくぜん》としない気持ちのまま、もにゃりと揺らいだ口を引き結んだ。

「そういえばさ、なんで美術を選んだわけ？　まーオレは別になんだって良かったんだけど」

美術室への道すがら、シャルロッテが思い出したように問いかけてくる。

冬期休暇明けから始まった、選択科目。今日はその初回授業だった。

クラスが異なる二人であるので、学内で接触する機会は案外少ないのだ。そこで、示し合わせて同じ美術を選択したわけなのだが。シャルは科目の選択をニコラに丸投げだったことを思い出す。

「お前、絵とか好きだったっけ」と不思議そうに首を傾けるシャルに、ニコラは小さく肩を竦めた。

「幼馴染に、おすすめの科目を聞いたんだよ」

「あぁ、あの超絶美形なお兄さん」

ニコラの答えに、シャルは納得したように頷いた。

その眼差しに、少々生温かい感情が乗っている気がしないでもなかったが、ニコラは全力で気付かないフリをする。

「美術、一年時は座学だけなんだって。で、学年が上がると実技が入るみたい。で、絵を描きたくなければ、途中で選択も変えられるんだって」

「お、そりゃポイント高いね。オレ、自慢じゃないけど画伯《がはく》だしさ」

何事もざっくりで大味な弟弟子である。ニコラは「だろうね」と頷いた。

それに、ジークハルトはこうも言ったのだ。「ニコラは多分、美術室を気に入ると思うよ」と。

聞けば、美術室や音楽室といった特別教室を受け持つ教諭は、私費を投じるなら、割と自由に教室を改築することが出来るらしいのだ。

そして、寒がりな美術教諭はなんと、防寒のために二重窓を拵《こしら》えてしまったのだという。ニコラ的には、断然そちらの方がポイントが高い。

それに、美術室はその他にも、美術教諭の好みによって随分な変貌《へんぼう》を遂げているらしい。

そんな受け売りの話を教えてやれば、シャルは興味を惹かれたように、へえ、と感嘆の相槌《あいづち》を打った。

美術室は校舎の四階、特別教室が並ぶ端にあった。

階段を上りきり、廊下に出ると、その突き当たり奥の教室が美術室らしい。

教室の前に辿り着き、重厚な樫《かし》の扉を押し開く。鼻腔《びこう》を擽《くすぐ》るのは、画材特有の油の匂いだ。

そして、視界に飛び込んできた光景に、ニコラは思わず息を呑んだ。

壁が、緑なのである。美術室は、壁の一面が淡くも鮮やかな緑色なのだ。

扉を開いたまま一歩、二歩、と後ずさるニコラに、シャルが怪訝《けげん》そうに教室を覗《のぞ》き込む。そして、ぱちりとその目を瞬いた。

「なになに、どったの……って、うわぁ、めっちゃ緑。内装のクセが凄い。ほーんと、芸術家肌の人って突飛なことしがちだよなぁ」

だがシャルの反応は、ニコラのそれとはやや方向性が違うものだった。

物珍しげな様子ではあるものの、あっさりと美術室に踏み込もうとする弟弟子の首根っこを、ニコラは慌てて引っ摑んで止める。

「ばか！　あんた、死の緑を知らないの⁉」

あのナポレオンをも死に至らしめたという、悪名高い緑色である。

ニコラは美術室の扉の手前、死の緑の恐ろしさについて小声で捲《まく》し立てた。

初期の顔料には天然の鉱物が使われていたが、それらは高価なものだ。人々はさらに発色の幅を求めた結果、科学反応による安価な合成物を次々に誕生させていくようになる。

そして１７７０年代に、とうとう今までに無い、美しい緑が発明されたのだ。そしてそれは瞬く間に人気となり、ヨーロッパで爆発的に流行した。

だが、なんとその主成分は、亜ヒ酸銅、あるいは酢酸銅と三酸化二ヒ素から作られた、アセト亜ヒ酸銅。無知とは恐ろしきかな。要するにヒ素――猛毒である。

当時から、危険性を説く科学者も僅かながらに存在したようだが、その安価さと発色の鮮やかさから、流行に歯止めをかけることは出来なかったらしい。

この世界が、十八、十九世紀のヨーロッパを部分的にトレースしているとするならば、ヒ素を含む壁紙が用いられている可能性は、十分に考えられるのである。

「えっ、恐ぁ……」

シャルもようやく恐ろしさに気付いたようで、顔を青くして美術室から一歩退いた。

シャルの半歩後ろにいたニコラは、その背中に思い切り衝突する。

思わずよろけるが、だがニコラの身体もまた何かにぶつかり、何とか踏みとどまることが出来た。

ハッとして慌てて振り返れば、そこには美術教諭と思《おぼ》しき女性が立っている。

ぴっちりと纏《まと》められた引っ詰め髪に、これまた首元まできっちりと止められた詰襟のドレス。鋭いフレームの銀縁《ぎんぶち》眼鏡。

いかにも厳格そうな出で立ちの女史は、年の頃は四十に届くか届かないかくらいの年齢に見える。

美術教諭は美術室の扉を押し開けると、不審げにニコラたちを一瞥《いちべつ》し、口を開いた。

「何をしているのです。授業が始まりますよ。早くお入りなさい」

「いや、えっとその……今から選択を変えたりとかって……？」

シャルが及び腰ながらにそう申し出れば、女史は灰青の瞳を怪訝そうに細めた。

だが、二人がちらちらと窺《うかが》う先が、緑の壁紙であることに気付いたのか、女史は「あぁ」と納得したように嘆息する。それから、僅かに表情を緩めて言った。

「博識であることは良いことです。ですが、ご安心なさい。使用しているのは天然鉱石。例の緑ではありませんよ。……お入りなさい。授業を始めます」

その言葉に、二人はほっと胸を撫《な》で下ろす。それから互いに顔を見合わせると、おずおずと美術室に足を踏み入れた。二人は女史と距離を取りつつ、教室後方の席に着く。

美術教諭は着席した生徒をざっと見回すと、滑らかに口火を切った。

「さて。一年次の美術は基礎的な座学、美術史が中心になりますが……。まずは、この美術室の内装に、驚いた生徒も多いことでしょう」

女史はそう言って、改めて美術室を見渡す。ニコラも再び、ぐるりと周囲を見回した。

事前情報の通り、窓は全て二重窓になっており、壁は一面、淡い緑色だ。

そして、窓と窓の間を埋めるように、額縁に入った絵画が何点か飾られている。

黒板脇《わき》の本棚には、画集や美術史の専門書が所狭しと並べられており、壁際の棚には石膏《せっこう》像や花瓶、壺《つぼ》などが置かれていた。壁の色以外は、一般的な美術室のように見える。

「近年、鮮やかな合成顔料が増えました。安価で鮮やかな緑は、壁紙や衣服の染色に利用されるようになりましたが……。ある科学者は、この緑が持つ毒性に警鐘《けいしょう》を鳴らしています」

毒、という直接的で物騒《ぶっそう》な言葉に、生徒たちはぎょっとしたように緑の壁を振り仰ぐ。

が、女史は構わず話を続けた。

「ご安心を。その可能性を知りながら、その合成顔料を使用しようとは思いません。ですが、もしもわたくしが無知であったならば――皆さんは今頃、毒性を持つ粒子を吸い込んでいたかもしれませんね」

女史が言葉を切ると、しんと美術室に沈黙が降りる。

「たとえば、鉛白という顔料があります。鉛白の発色は人間の美白肌の色彩として美しく見えるため、女性の肌を描くのに多用されてきました。ですが一方で、頭痛、めまい、歩行障害、嘔吐《おうと》や痙攣《けいれん》、麻痺《まひ》や失明など……画家疝痛《せんつう》と呼ばれる職業病の原因が、鉛白である可能性が論じられるようになってきました。

いつの世も、その時々が時代の最先端です。けれど、貴方の部屋の壁紙は、貴方の実家に飾られている絵画は、どのような顔料が用いられているのか。果たしてそれは、安全なものなのか。美術に限らず、何事においても、疑問を持つことは大切なことです。そして、疑うヒントは時に、歴史の中にあるものです。……さて、それでは、本日は顔料の歴史から。授業を始めましょう」

そう締め括《くく》ると、女史は黒板に向き直り、カツカツと文字を記し始めた。

なるほど、退屈な美術史も、毒というパワーワードを使った上で、自分事化する。

これは摑みとしては、バッチリだろう。

「美術、悪くないじゃん」と囁《ささや》くシャルに、ニコラは小さく頷いた。

美術教諭は少々厳格そうではあるが、優秀な先生らしい。

さて、二重窓のおかげで他の教室よりは遥かに暖かいが、ニコラは元来、末端冷え性だ。板書を書き写すには、少々指先がかじかんでいた。

一度温めようと思い、ポケットに手を突っ込めば、指先に当たるのは覚えのない四角い感触だ。

ニコラは怪訝に思いながらも、その物体をポケットから引き抜いた。そして、思わず苦笑する。

「……カリンめ」

それは食堂で引かされたタロットカードだった。

確かに「明日引き直せば、結果が変わるかもしれないから」とは言われたが、本当にちゃっかりとニコラのポケットに忍ばせていたらしい。抜け目がない。

ニコラは嘆息すると、それを隣に座るシャルの手元に滑らせた。

「……それ、あげる」

「タロット？　えー、いらねー。仕事に使うわけでもあるまいし」

「私だっていらない」

カリンには悪いが、不要なものは不要なのだ。

何せニコラたちが選んでしまうカードは、無意識ながらにも、回避できないだろうと察知している未来である。どうせ回避できないのならば、知らない方がいいこともあるのだ。

前世でだって、祓い屋としての仕事を受ける際に、時たま使用するぐらいのもの。

プライベートなことを占った結果、それが悪いものであれば、ただただ気分が萎えるだけなのだから、仕方がない。

「いいから、あげる」

突き返されたものをさらに突き返せば、シャルは面倒になったのか、「へいへい」とタロットカードを受け取った。そして、それをポケットの中に無造作に仕舞い込む。

美術教諭はいったん全ての板書を終えてから、説明するスタンスらしい。教室の後方に座ったおかげで、二人の小声の小競り合いに、女史が気付いた様子はない。

「それで？」

「え？」

「階段トコで、オレがどうとか言ってたじゃん」

「あぁ……」

どうやらシャルは、先ほどの言葉を聞き取っていたらしい。ニコラは鞄からアロイスにもらった調査メモを取り出すと「ねぇ、シャル太郎さんや」と身を寄せた。

シャルは喉の奥を鳴らすように、くつくつと笑う。

「ウケる。とっととズラかるネズミ野郎みたいに呼ぶじゃん。なに？」

「残念。とっとこ走るんだよ、ハムスターの太郎くんは。……いや、そうじゃなくて、本題はこっち。あんたと一緒に、七不思議狩りと洒落込《しゃれこ》みたくて」

ニコラはそう言って、取り出したメモを再度机の上で滑らせた。

シャルはすぐにメモの内容に目を通したのだろう。それから、ふてぶてしく頬杖《ほおづえ》をつくと、こう言った。「えー、やだ」と。

あまりにストレートな拒絶に、ニコラは少しばかり虚を突かれた。

まさかこんなにもすげなく断られるとは思ってもいなかったのだ。ニコラは思わず眉根を寄せる。

「……生意気。そんな子に育てた覚えはないんだけど」

「おー、お前に育てられた覚えもないね」

「そう。だから育てた覚えないって言ってる」

慣れ親しんだ軽口の応酬《おうしゅう》に、シャルはやはり、くつくつと喉を鳴らすように笑うばかりだ。

ニコラは眦《まなじり》を吊り上げて、不満を全面に押し出して唸った。

「……だいたい、あんただってこの学校に通ってるんだから、あんたの生活圏でもあるでしょ。なんで共有のスペースを、私が一人で掃除しなきゃいけないの。手伝ってよ」

だが、残念ながら、シャルはそれに怯《ひる》む様子もない。

ニコラの抗議などどこ吹く風で、シャルはわざとらしく肩を竦めた。

「やだよ。オレ最近、忙しいの。だからパス。お前に任せたわ——あ、でもコレはまだ祓わないでよ」

シャルはへらりと笑うと、アロイスのメモを差し戻してくる。

とんとん、とシャルが指で叩くのは、アロイスのメモの中の一項目だ。そこにはドッペルゲンガーの文字が躍っている。

「オレさ、今、こいつ育ててんの。だからこいつはまだ祓わないで、泳がしといて欲しいんだよねー」

ニコラはその言葉に目を瞬いて、それから深々とため息を吐く。

痛むこめかみを押さえながら、じとっとした目でシャルを睨んだ。

「つまり……あんた、自分でドッペルゲンガーの噂流したの」

「ま、そゆこと。お前の使い魔を見てたら、オレもドッペルゲンガー欲しくなったんだよねー。ってことで、ただいま育成中なワケ」

シャルは悪びれた様子もなくそう言うと、にんまりと笑った。

「だからホント、こいつだけはまだ見逃しといてよ、お願い。そんで、あとは任せた」

「…………本当に生意気」

手伝わないくせに注文だけつけるとは、まったくいい性格をしている。

ニコラは眉間に皺を刻むと、冷ややかな眼差しで弟弟子を見遣った。

「いいじゃん。見逃してくれるなら、舞踏会ん時、オレが髪の毛やったげるよ？　それでチャラにしよーぜ。あ、それとも。もしかしてもう手配済みだった？」

「……それは、まだだけど」

舞踏会当日のヘアセットは、人によっては実家から侍女を呼び寄せたり、友達同士で結い合ったりするのが一般的らしい。

だが、舞踏会はまだひと月ほど先のことだ。ニコラはどうするか、現段階ではまだ何も決めてはいなかった。正直、シャルの申し出は渡りに船ではある。けれど、ニコラは眉を顰めた。

「……あんたに、出来るの？　本当に？」

ちらりとシャルのノートに目を落とせば、蚯蚓《みみず》がのたくったような悪筆が躍っている。

自分の知る限りでは、弟弟子はこの上なく雑で大雑把なタイプである。だからこそ、怪訝に思わずにはいられないのだ。だが、対するシャルは、けろりとした様子で笑った。

「ちゃんと出来るって。この前ねーちゃんに習ったしさ」

「……ふうん、そう。エマさんに、ね」

ニコラはその言葉に、一応は納得してみせる。それから「じゃあお願い」と呟いた。

「おーよ、任された」

シャルはそう言って、へらりと笑う。その笑みからは、やはり真意など読み取れない。

ニコラは釈然としない気持ちのまま、じっとりとした視線を弟弟子に送った。その声音には、ついつい非難がましさが乗ってしまう。

「……ねぇ。私に何か、隠し事があるでしょ。あんた、隠し事する時は必ず、左斜め上を見るんだよ」

「へぇ、マジ？」

「……いや、嘘《うそ》だけど」

「だろうねー、だってオレ、何も隠してないもん」

「…………食えない奴」

そんな態度を取られるから、月の正位置なんてカードを引いてしまうのだ。

ニコラは舌打ちを呑み込むように、深い深いため息を吐いた。

何にせよ、どうせ弟弟子の手伝いが見込めないのなら、厄介ごとは早々に片付けてしまうのが吉だろう。ニコラは放課後の予定を定めると、気を取り直して黒板に向き直った。

4

怖い話は、噂から始まる。

噂をすれば影が立つ。影が立てば実となる。

皮肉にも、怪異や都市伝説というモノは、人の想像力、思念を源にするのである。

怪異にとって、存在の糧《かて》は『認知』なのだ。広く知られれば知られるほどに存在は安定し、共通する恐怖と認識の対象は、やがては形を得てしまうのである。

ニコラからすれば、学校の怪談をまとめた七不思議など、厄介ごとの温床でしかなかった。

放課後の校舎に、寒々しくも夕陽《ゆうひ》が差し込む。

光が強く、影が一番濃く、人の判別が難しくなる時間帯。黄昏時《トワイライトゾーン》である。

ニコラはため息交じりに、白い吐息を吐き出した。

授業が終われば、好き好んで寒い校舎に留《とど》まる生徒などほとんど居ない。人気のない階段の踊り場で、ニコラは肩口に乗る使い魔を横目で見遣った。

「……ほんと、なんて厄介なマッチポンプ。ジェミニも、そう思うでしょ」

ぼやくように呟けば、真っ黒い球体はぴとっとニコラの頬にくっついてくる。

もちたぷ具合は、水風船に近いだろうか。だが、つるりとした質感の割に、存外にその表面は温かかった。寒がりな主人に対する、健気な配慮のつもりなのだろう。

「ありがと」と呟けば、ジェミニは嬉《うれ》しそうに、むにむにとすり寄ってくる。

「さっさと終わらせて、寮に帰ろっか」

ニコラはそう言って、手元の紙片に視線を落とした。そこには書き主の性格を表すような、読み易《やす》くはあるが奔放に跳ねる文字が躍っている。

曰く、かつて音楽室で、演奏中にピアノの鍵盤蓋が落ち、手首を切断してしまった生徒がいるのだという。そして、切断された手首が今も音楽室を這《は》い回っているらしい、だとか。

曰く、この学院のどこかに、自分ではないもう一人の自分がいるらしい。もしも自分と同じ姿をした存在に遭遇《そうぐう》してしまったなら、ドッペルゲンガーに存在を乗っ取られてしまう、だとか。

曰く、一階の女子トイレには夜中、辺りを照らす人魂が彷徨《さまよ》っていて、夜な夜なポルターガイストが何かを割るような音を響かせている。それを実際に目撃した生徒がいるらしい、だとか。

曰く、かつて西塔から飛び降りた女子生徒がいて、彼女は今も啜《すす》り泣きながら、ずっと飛び降り続けているのだ、とか。

曰く、校舎東棟の最奥、踊り場に大きな姿見のある階段にて。鏡の中の自分が自分と違う動きをすると、そのまま鏡の中に引き摺り込まれてしまうらしい、だとか。

曰く、特別教室が並ぶ、四階の女子トイレ。その一番奥の個室で用を足していると、その一個手前の、三番目の個室から「赤い紙と青い紙、どちらがほしい？」と声がするという。

「赤い紙」と答えてしまうと、全身血だらけになり赤くなって死ぬし、「青い紙」と答えると、血を抜かれたり、窒息したりして青い顔になり、死ぬのだとか。


ニコラはアロイスの調査メモから顔を上げると、ふむと鼻を鳴らす。

多少の違和感こそあれ、学校の怪談としてはオーソドックスなものばかりだ。全体的には妥当《だとう》な怪談話だとも思う。

ニコラは一つ目の音楽室に狙いを定めると、スタスタと歩き出した。

音楽室や美術室、視聴覚室といった特別教室は、日本の学校の怪談においても高頻出《ひんしゅつ》の場所である。

というのも、生徒が日常を多く過ごす普通教室とは違って、特別教室は利用頻度も少なく、その上特殊な教材もある、非日常的な空間だからだ。

誰しも、日常的な生活空間に怪談話を流行らせたいとは思わないのだろう。

同じくトイレも、怪談話とは切っても切れない場所だった。

トイレは特に個室の場合、完全には仕切られていない、曖昧《あいまい》に孤立した空間でもある。

そんな場所で、下半身を露出するという、生物的に無防備な状態にならなければいけないのだ。

無意識ながらにも、物理的・心理的な不安が付きまとうのは仕方がない。

そういった心理作用を踏まえれば、やはり特別教室やトイレが怪談の舞台になるというのは道理だった。

その他、引き摺り込まれる大鏡がある階段も、校舎東棟の最奥。つまりは少々行きにくい、日常的な生活空間からは外れた場所にあるのも、理に適《かな》っているといえる。

それに、過去に起きた事件事故が怪談話として昇華されることもまた、よくあることだった。

少なくとも、かつて西塔から飛び降りた女子生徒が実際にいたことは、事実である。エルザの今は亡き姉を思い出していれば、いつの間にか音楽室に辿り着いていた。

特別教室の居並ぶ、校舎四階。

美術室とは違い、音楽室は階段を上がってすぐの場所にあった。

ニコラは軋《きし》む扉をそっと開け、中に誰もいないことを確認する。それから、そっと後ろ手に扉を閉めた。ゆっくりと辺りを見回せば、中は薄暗く、グランドピアノや譜面台などがぼんやりと浮かび上がって見える。

そして、その瞬間。視界の端に動くものがちらついたのを、ニコラは確かに見た。

遅れて聞こえる、ボト、ボト、という、重みのあるものが床に落ちる、鈍い音。

嫌々ながらに、音のした方を覗き込む。すると、薄暗がりの中でも一際暗い色をしたピアノの鍵盤の下に、人間の手首が二つ、力無く落ちているのが確認できた。

「……うわぁ」

思わず漏れた声が、静かな音楽室にやけに響く。

ニコラはうんざりした気分で、ぴくりとも動かない手首に視線を落とした。

生気の感じられない、土気色の肌。ぐちゃぐちゃの断面を外気に晒《さら》したソレは、見ていて気分のいいものではない。

正直なところ、想定内の見た目ではあれど、やはり嫌悪感は拭えなかった。

「……百歩譲って、動かなかったらなあ………」

ニコラは顔を歪めながら、ノートの切れ端をくしゃりと丸め、それを手首の近くにぽいと放る。

すると、手首は途端に五指をそれぞれめちゃくちゃに動かしながら、ものすごい勢いで床を這い回り始めるのである。

「デスヨネ、知ッテタ」と思う反面、あまりの気色悪さに、ニコラはもはや口から「ゾッ」と言ってしまう。何せ、形状的には田舎《いなか》に出没するドデカ蜘蛛《ぐも》に似ていて、突然カサカサと予想外な動きをする様は、夏場に出没する黒光りGに似ているのだ。

ニコラは堪《たま》らず一歩後ずさり、それから逃げるように、回れ右。

すたこらさっさと音楽室を後にする。

「無理無理、なんかもう生理的に無理。これは後日、後回し！」

グロテスクな上に、あの動きは流石《さすが》に反則だった。

「……もういっそ、エルンスト様に頭を下げて、全力で地団駄を踏みながら、部屋中を走り回ってもらおうかな」

アロイスの護衛従者、エルンスト・フォン・ミュラー。

彼には、半端なモノなど近くにいるだけで消し飛ばしてしまうほどの、ハチャメチャに強い守護霊が憑《つ》いているのである。彼が地団駄を踏みながら音楽室を七十往復ぐらいすれば、あんな手首もぷちっと潰《つぶ》してくれそうだ。

「……次行こう、次」

ニコラはうん、と一つ頷くと、次の怪談の現場へと足を向ける。

向かうは、ドッペルゲンガーはすっ飛ばし、校舎一階のトイレである。

本音を言えば、七つ目の、特別教室と同じ四階トイレを先に済ませたいところだが、泣く泣く今は素通りする。稀《まれ》に、順序通りに進まなければならない怪異も存在するから、念の為だった。

それに、人魂に物を割るポルターガイストは、這い回る手首よりは断然チョロそうだ。

今度こそサクッと終わらせてしまおう。ニコラは気合いを入れて階段を下り、一階の女子トイレに踏み込んで、そして、

「——あれ？」

思わず、間の抜けた声を発してしまう。ニコラははて、と首を傾《かし》げた。

女子トイレには、窓越しに差し込む陽の光が薄く伸び、湿っぽい空気の中、しんと静まり返っていた。夕陽の赤と、濃紺の青が混ざる逢魔時《おうまがとき》の刻限。黄昏時《たそがれ》である。

一応、怪異が発現しやすい時間帯を狙ったはずなのだが。辺りを見回してみても、実体を持つ前の靄《もや》が薄ぼんやりと漂《ただよ》うばかりなのだ。

「まだ、もうりょうとしてるなぁ……」

魍魎《もうりょう》の異字でもある罔両《もうりょう》は、影のふちに生じる薄い影を意味する言葉だ。辺りに漂うのは、そんな罔両といえるような、ぼんやりとした捉《とら》えどころのないモノだった。

実体を持つにはまだ遥か及ばない、怪異として凝《こご》る前の段階らしい。

「……この状態で散らしても、キリがないしなぁ」

漠然《ばくぜん》としているより、ある程度は綿ぼこりのように纏まってくれた方が、捨てやすいのと一緒である。

ニコラはうん、と一度頷くと、「ここも、もうちょっと放置しよ。次」と、そのまま踵《きびす》を返した。

だが生憎と、残りの西塔の幽霊も、引き摺り込まれる大鏡も、肩透かしは続くことになる。

いずれの二カ所も、やはり祓うにはまだ、漠然とし過ぎているのだ。

それどころか七不思議の七つ目、四階トイレに至っては、漂う靄すらないのである。

一番奥の個室と、その手前の三番目の個室を覗き込んで、ニコラは小さく呟いた。

「それに、赤い紙、青い紙とはまた、随分と古典的な……。おまけに〝学校の七不思議〟ね。本当に、何を企《たくら》んでるんだろう……」

弟弟子の思惑をいまいち図《はか》りあぐねて、ニコラは腕を組む。

不思議そうに覗き込んでくるジェミニを撫でて、ため息と共に肩を竦めた。

「……今日はもう、帰ろっか」

何とも浄化不良だが、仕方がない。

ニコラはくるりと踵を返して、帰途に就《つ》くことにした。

◆◆◆

かわいいこねこが、みゅーみゅーなきます。

あの子がほしいといいました。

けれど、エルマは、

「おかあさんねこが、かわいそうだから、いけません」

といいました。

「なぁぜ?」

どうしてかわいそうなのか、わからないのです。

エルマは、きみのわるそうなかおで、わたしをみました。


かわいいこねこが、みゅーみゅーなきます。

おかあさんねこは、ぎっとなきます。

それいじょうは、なきません。

それからはもう、なきません。

いらないものは、いらないのです。
だってわたしは、こねこがほしいのだもの。

ニコラのちょこっと
オカルト講座⑨

【タロットカード】

『０愚者』から『２１世界』までの、２２枚の寓意画が描かれた、大アルカナ。

『棒』『金貨』『剣』『聖杯』という４つの組ごとに、それぞれ１から１０までの数字、従者、騎士、女王、王の１４枚が割り振られた、小アルカナ。

これら７８枚１組を、タロットカードと呼びます。

自分が無意識のうちに拾い上げている情報を元に、直感によってカードを選ぶ、タロット占い。

「自分は勘が鋭い方だ」という自負がある方は、試してみるのも面白いかもしれませんね。

二章　ハンプティ・ダンプティ　急転直下

1

外はしんしんと降り積もる雪景色。窓の外からは、降り積もる雪が立てる微《かす》かな音が、ひそやかに聞こえてくる。空は重く垂れ込めていて、既に暗い。

そんな窓の外を横目に、ニコラはドレスと自前の化粧箱の入った鞄《かばん》を抱え、自室を後にする。

学内舞踏会、当日。向かうは、シャルの部屋だった。

寮の廊下に出れば、明らかに生徒ではない、使用人風の衣服を纏《まと》った人間がちらほらと見える。

おそらく、お嬢さまの髪を結って飾り付けるために、わざわざ呼び寄せられた侍女なのだろう。

ご苦労なことである。

その他、通りすがる部屋の戸からは、時々女子特有の楽しげな笑い声が漏《も》れ聞こえる。

こちらは友人同士で髪を結い合いながら、お喋《しゃべ》りでもしているのだろう。ニコラはそんな華やいだ空気を肌に感じながら、シャルの部屋の扉を叩《たた》いた。

「シャル、入るよ」

だが、真鍮《しんちゅう》のドアノブに手をかけるも、ノブはニコラが力を込めるより先に引かれ、扉が開かれる。

驚いて視線を上げれば、そこにはシャルとよく似た面差《おもざ》しの、分厚い眼鏡《めがね》をかけた女性が立っていた。

「……エマさん」

「お久しぶりですねえ、ニコラさん！」

エマは人好きのする笑みを浮かべて、眼鏡の奥で茶目っ気たっぷりに目を細める。

そして、これまたシャルと同じミルクティー色のおさげ髪を揺らしながら、ニコラを部屋の中に招き入れた。室内に視線を巡らせれば、シャルの方は既にヘアセットを終えているらしい。

シャルはニコラを振り仰ぐと、「ねーちゃんにさ、ドレス持ってきてもらったんだよねー」と悪戯《いたずら》っぽく笑ってみせた。

「寮生活だと、なかなか会える機会が少ないですから……便乗しちゃいました！」

エマはオリーブ色の瞳を細めると、柔らかな笑みを浮かべた。

彼女の名は、エマ・シュルツ。エマはシャルの、腹違いの姉だという。

その上、シャルからすれば、命の恩人でもあるらしい。

しかも、エマはアロイスのお付きの侍女、兼、身分違いの恋のお相手でもあるというのである。

なかなかに複雑かつ特殊な立場の人物なのだった。

「ニコラさんのドレスも、広げちゃいますねー」

エマはニコニコと笑いながら、ニコラが持参した鞄の中身をベッドの上に広げていく。

「はいはい、お前はこっちね。早く鏡の前に座れよ。髪やるから」

シャルが腕を引いて、椅子に座らせる。ニコラはされるがままに椅子に座り、鏡越しにシャルを見た。それが十分ほど前のことである。

◇

「これがこうで……ええと、これが？」

「いや、近い近いっ……！」

ニコラはヒェッと上擦《うわず》った声を上げる。何故《なぜ》かやけに、シャルの顔が近いのだ。吐息が耳にかかるほどの至近距離で、シャルはニコラの髪に顔を近付けて、ああでもない、こうでもないとブツブツ呟《つぶや》くのである。

生暖かい吐息がうなじにかかり、ニコラはとうとう耐えられなくなって身を捩《よじ》った。それから、悲鳴交じりにとある憶測を叫ぶ。

「エマさん、もう眼鏡かけていいですから！　ちょっと離れて、こそばゆいんです！」

すると、鏡越しに目が合ったシャル——だと思っていたその女性は、ぱちくりと目を瞬《またた》かせる。それから、彼女はニコラの髪から手を離すと、悪戯が見つかった子どものように肩を竦《すく》めた。

「あれ、もうバレちゃいました？」

「いやその……。正直、確信がなかったので、カマをかけたつもりだったんですけど」

そう、ニコラはげんなりと応じる。

すると、髪を結い上げたその女性は、眼鏡をかけながらてへっとお茶目に笑ってみせた。

「エマさんもシャルくんも、二人とも名演技だったでしょう?」

「お前、気付くの遅いんだってー」

今度はずしりと肩に肘が乗せられる。

にやにやとニコラを見下ろすのは、伊達《だて》メガネを外したシャルだ。

ニコラは肩に乗せられた腕をぞんざいに払いながら、深々とため息を吐いた。

「……やっぱりね。適当、大雑把の権化《ごんげ》みたいなあんたにはさ。ちょっと教わったからって、ヘアアレンジみたいな繊細な芸当が出来るわけないと思ったんだ。それこそ、天地がひっくり返っても」

「うわ、ひどっ、心外。ちくちく通り越してザクザク言葉に傷ついた。訴訟《そしょう》も辞さないね」

「はいはい示談示談」

ニコラはぞんざいな返事を返しながら、エマの格好をしたままのシャルを一瞥《いちべつ》した。

「それに、エマさんから教わったってことは、当然エマさんもヘアアレンジ出来るってことでしょ。なのに、こうして難航してるのを見ても、そっちのエマさん擬《もど》きは全然手伝おうともしないしさ」

「まぁこればっかりは、シャルくんにお手伝いは出来ないですしねえ」

シャル改め、シャルの格好をしたエマはそう言って、小さく苦笑した。

眼鏡をかけたことで、今度は適正な距離からでも髪をいじれるようになったようで、ニコラもほっと一息つく。

「でも、案外気付かないもんだろ？　最近は学内でも、ちょくちょく入れ替わってたんだぜ？」

おさげ髪を解いたシャルはそう言って、したり顔で腕組みをした。

「ほら、例の計画の実験をしてたんだよ」

――例の計画。ニコラは「あぁ、あの」と呟く。

それは、一見すると無謀《むぼう》にも思えるような、エマとシャルの入れ替わりの作戦だった。

中身の人格が男であるのに、侯爵令嬢である以上、男性との結婚を避けて通れないシャルロッテ。

一方で、使用人階級の両親から生まれた以上、どう足掻《あが》いても王族《アロイス》との恋を実らせることが出来ないエマ。二人の問題を一挙に解決する、いっそ乱暴とも言える計画である。

現段階でこの計画を知るのは、数ヶ月前の旅行の同行者だ。

つまりは今ここにいる三人と、アロイスとジークハルト、エルンストの六人しかいない。

そこで、入れ替わりの作戦を知っているニコラたちが気付くかどうか、二人で試していたらしい。

「あの王子サマはちゃんと初見で、ねーちゃんだって気付いてたよ、愛だねぇ。護衛のお兄さんは、ありゃダメ。まーったく気付いてなかったなー」

「じゃあ、最近やたらと腕を組んできたのは……」

そうぽつりと零《こぼ》せば、エマは鏡越しに困り顔で「やっぱり眼鏡を外して歩くのは少し怖くて……」と苦笑する。

「で、ねーちゃんの時だけだとバレそうだから、オレの時も腕組むようにしてた」

なるほど、道理で、とニコラは納得する。

思い返せば、腕を組まれたのは階段などが多かったのだ。ドッペルゲンガーの使い魔を欲しがり始めたのも、エマとの入れ替わりのローテを楽にしたかったのだろうと思い至る。

だが、腑《ふ》に落ちないことは、もう一つ。ニコラは頭を動かさないように、視線だけを弟弟子に向ける。

「なら、あの、七不思議の最後の『赤い紙・青い紙』は？　あれも、あんたが流した噂《うわさ》でしょ」

赤い紙・青い紙――日本では馴染《なじ》み深い、学校の怪談である。

地域、時代によってはこれに白や黄色が追加されたり、紙ではなくマントやチャンチャンコであったりとバリエーション様々ではあるが、それだけにポピュラーな怪談でもある。

その伝承は古く、少なくとも昭和の初め頃には存在した怪談らしい。

だが、問題はこの怪談話のルーツだった。

何せこの怪談は、京都の『カイナデ』という妖怪をルーツに持つ話であるらしいのだ。

カイナデというのは、節分の夜に厠《かわや》に入ると、尻を撫《な》でてくる妖怪である。

これに『赤い紙やろうか、青い紙やろうか』と唱えると、この怪異を避けられるという伝承があり、これが全国に広がったというわけだった。

有り体に言えば、用を足していると別の個室から『赤い紙やろうか、青い紙やろうか』と聞こえてきてドキリとした、などという経験が、アレンジを加えられて怪談話へと昇華されたのである。

要するに『赤い紙・青い紙』という怪談話は、『妖怪カイナデ』というバックグラウンドを持たない世界において、自然発生するとは考えにくいのである。

だからこそ、この噂を流したのはたぶん弟弟子だろうと、ニコラは半ば確信していた。

「……で、どうなの」

ニコラが腕を組んで問うと、シャルは口角を吊《つ》り上げて、「正解」とにんまり笑う。

「そっ。オレたちの入れ替わりの場所はさ、いつも四階トイレの一番奥と、その手前の個室を使ってたんだよね。だから、人払いも兼ねて、噂を流したってワケ」

元々が、日常的には使わない、特別教室しかない四階のトイレである。

ついでに怖い話が流行《はや》っていれば、好んでそこに近寄ろうとする者はそういない。

確かに、人払いとしては持ってこいだった。ニコラは、なるほど、と頷《うなず》く。

「道理でね。七不思議の中に、トイレの怪が二つもダブってるのは変だと思ったんだ」

「まあ一個はオレが、意図をもって流布させた噂だったしさ。それ込みで、お前へのヒントのつもりだったし」

シャルはしれっと言ってのける。

道理で、四階トイレには靄《もや》ひとつなかったわけである。

自分の生活スペースに小蠅《こばえ》が湧《わ》くのは煩《わずら》わしいから、それぐらいは処理をする。それは、ちょうど自分がアロイスに言った言葉だったのを思い出す。

弟弟子は、ちゃっかり自分のよく使うエリアだけは、定期的に祓《はら》って綺麗《きれい》にしていたのだろう。

蓋を開けてみれば単純な話で、ニコラはなんだか脱力してしまう。

「ニコラさん、ヘアセットは完成ですよう。どうですか?」

エマが満足そうに頷いて、手鏡を渡してくる。

ニコラはそれを覗《のぞ》き込んで、素直に感嘆の声を漏らした。複雑な編み込みをゆるくシニヨンで纏《まと》めた髪型は、自分には絶対に出来そうにない代物だ。

「すごい！　ありがとうございます」

素直に礼を言えば、エマは面映《おもは》ゆそうに笑みを浮かべる。

「さぁ、早く着替えて、お化粧も済ませちゃいましょう」

エマはニコラの手を取ると、立ち上がらせた。シャルはといえば、「へいへい、オレは出て行きますよーだ」と言って、さっさと部屋から出て行ってしまう。

取り残されたのは、ニコラとエマの二人だ。

やはり今夜アロイスと踊るのは、シャルのフリをしたエマらしかった。

シャルが姉に華を譲った――というよりは、別にシャルはアロイスと踊りたいわけでもないのだから、適材適所というところなのだろう。

「じゃあ、着替えましょうか」

「そうですねぇ」

ニコラとエマは頷き合うと、各々のドレスに着替え始めた。

制服を脱ぎ、コルセットを着け、手早くドレスに袖を通していく。

着替え終わるのは、ほとんど同時だったのだろう。顔を上げれば、落ち着いた深緑のドレスに身を包む、エマと目が合った。

「…………スタイルのいい美人って、ずるい」

思わず口から零れた称賛の言葉に、エマははにかむように微笑《ほほえ》んだ。

エマのドレスは、凝《こ》った刺繍《ししゅう》も装飾のリボンもない、至ってシンプルなデザインだった。

ただ、大胆にもデコルテのラインが露《あら》わになっているために、煌《きら》びやかさはないものの、大人びた色気が漂う。

デザインがシンプルだからこそ下品さがなく、彼女のスタイルの良さが際立っていた。

「ニコラさんのドレスも、惚《ほ》れ惚《ぼ》れするくらい繊細な色味で、綺麗ですよう」

エマもそう言って、ニコラのドレスを褒めた。

ニコラが身に纏《まと》うのは、裾《すそ》に向かうにつれてほんのりグレーがかった、くすんだ色味が逆に透明感を感じさせるような、そんなドレスである。一目惚れして選んだドレスなので、褒められるとまんざらでもない気分になった。だが、エマは不思議そうに、小さく小首を傾《かし》げて言う。

「でもこの裾の色、なんと表現したらいいんでしょう？　青みの強い紫というか、淡くくすんだ紫というか……？」

その呟きに、ニコラは照れ隠しに慌てて口を開いた。

「これは、その……ダスティーブルーと言うんです」

あくまでも、青系統の色である。光の加減によっては紫に見えなくもないとしても、あくまでも青を名前に冠する色なのである。

そんな言い訳を並べ立てるニコラに対し、エマは微笑ましそうに、ころころと笑った。

「はいはい、ダスティーブルーですね。じゃあ、次はお化粧を終わらせちゃいましょうか」

「……そうですね」

エマから手渡された化粧箱を受け取ると、ニコラは鏡台の中の自分と向き合った。

悲しきかな。十人並みの凡庸《ぼんよう》な顔立ちの人間が、傾国級の容姿の隣を歩くためには、粧《よそお》い化ける工程が必要なのである。

ぱっきりした色合いの紅を引くだけで既に様になるエマと違って、ニコラには顔面工作が必要だった。

「ニコラさん、すっぴんでも十分に可愛《かわい》らしいしいと思うんですけどねえ」

「……人並みじゃあ、あの人の隣に立つ瀬がないんですよ」

スッと背を正し、あごを引く。

幸いなことに、ニコラの顔のパーツの中には、誤魔化《ごまか》しが利かないほど不格好なパーツはない。顔に余計な特徴がない分、化粧映えには自信があった。

それに若さのおかげで、ファンデなど無くても肌が綺麗なのはありがたい。厚塗りの印象を避けるために、ベースメイクなどは適度に省きながら、ニコラはぽつりと呟いた。

「それに、どちらかというと……。明日からを平穏に生き抜くために、やっぱり顔面工作は必要なんですよね……」

ニコラが力を入れるべきは、顔面の印象操作である。

今日、ジークハルトの婚約者としてお披露目《ひろめ》になってしまうのだ。

今後の厄介ごとを避けるためにも、ナチュラルに見せかけてゴリゴリに盛り、すっぴんとの落差をつけなければならないのである。

シェーディングを輪郭《りんかく》に刷《は》き、ノーズシャドウを入れることで骨格の印象を変え、馴染《なじ》ませる。

チークの入れ方ひとつとってみても、丸顔から面長へ、と随分と印象は変わるものだ。

それからあとは、アイメイクに命をかける。パンダの目の周りの模様を白くすると、全く別の生き物に見えるように、目の印象は顔全体の印象をも左右するのである。

最後に眉を整え、自分のパーソナルカラーに合った紅を引けば、完成だった。

我ながら、そこそこ見られる顔である。及第点の出来に、ニコラはうむ、と頷いた。

「わぁ、ニコラさん、本当にお化粧がお上手なんですねえ」

鏡を覗き込んだエマが目を瞬き、感心したように声を上げた。

だが、こちとら前世では毎日化粧をしていた身なのだ。化粧を覚えたての、その辺のお嬢さん方よりは、当然遙かに年季が入っている。

「おーい、支度《したく》、もう終わった感じ?」

そう言って、ひょいと扉から顔を覗かせたシャルが「うわ、誰かと思った。てかホントにお前で合ってる?　詐欺《さぎ》じゃん」と間の抜けた声を上げるので、ニコラは満足げに鼻を鳴らした。

これならば、すっぴんに戻ってしまえば、適度に注目からは逃れられるだろう。

エルザやカリンのような、親しい人間は気付くかもしれないが、それはそれ。他のクラスや他の学年の生徒は、そもそもニコラのすっぴんなど知らないのだから、衆目は誤魔化せるはずだった。

「って、それよりも！　生徒も関係者も、もう寮から出ろってさ。生徒会の副会長とやらが、巡回してるぜ」

ニコラの思考を逸《そ》らすように、シャルがくいくいと親指で外を指差す。

なるほど、確かに廊下の方が騒がしかった。おそらく、寮の中に残っている生徒や使用人たちも順次外に出始めたのだろう。

時計を見上げれば、時刻は夕方五時半だ。あと三十分もすれば、舞踏会は始まってしまう。

「それじゃあ、行きましょうか」

「そうですね」

ニコラとエマは顔を見合わせて、頷き合う。

ヒールを履いて外套《がいとう》を纏うと、シャルの先導で建物の外に出た。

既に日は落ちる寸前で、冷えた外気が頬を撫でる。遠くで焚《た》かれた篝火《かがりび》が、こんもりと積もった雪を煌々《こうこう》と照らしていた。

2

煌《きら》びやかに装《よそお》った女生徒たちは、寮から出ると思い思いの方角へ向かって歩き出す。

事前に決めている、それぞれのパートナーとの待ち合わせ場所に向かうのだろう。

校舎の鍵はすでに締め切られていると聞くから、彼ら彼女たちの待ち合わせ場所は、残念ながら屋外だ。御愁傷様である。

外套の隙間から入ってくる冷気に身を竦ませながら、ニコラはシャルを振り返った。

「あんたはこれから、どうするの？」

「ん、オレ？　オレは基本、隠形《おんぎょう》の術で姿を隠して、ねーちゃんの補助かな。ねーちゃん今、眼鏡外してるし」

隠形の術――少しばかり認識の位相《いそう》をずらして、周囲に姿を溶け込ませる術だ。シャルは姿を眩《くら》ませた状態で、視力の悪いエマの介助をするつもりらしい。

「とりあえず、まずはねーちゃんを王子サマとの待ち合わせ場所までエスコートして、そんであとは、会場のご馳走《ちそう》を適当に頂こっかなーってくらい？」

「ふうん」

「エマさんたちの待ち合わせ場所は、中庭の東屋《あずまや》なんですけれど……。ニコラさんの待ち合わせ場所は、どちらなんですか？」

エマはそう言って、ニコラの顔を覗き込んだ。その問いかけに、ニコラは「あぁ」と呟く。

「……男子寮の、あの人の自室です」

ニコラは小さく言葉を返した。その答えに、シャルは「屋内とかずりぃ～」と口を尖《とが》らせる。

だが、こればかりは仕方がない。

一般生徒が身支度《みじたく》を整えていた間に、生徒会であるジークハルトは、校舎の戸締まりをしなければならなかったのだ。

要するに、寮から一般生徒を締め出した今この時間から、やっと彼は身支度に入れるのである。

その間、ニコラを寒空の下に放置するわけにもいかないし、他の生徒たちは、既に寮から締め出したあとのこと。つまり、こっそり寮に招き入れても、見咎《みとが》められる恐れもない。

そういうわけで、待ち合わせ場所はジークハルトの自室ということになったのだった。

「じゃあ、この辺りで、いったんお別れですねえ」

「……ええ、後でまた」

エマやシャルと別れ、ニコラは一度、建物の陰に入ると、念のために自分も隠形の術をかける。

それから、ジークハルトの自室がある男子寮へと向かった。

◇

ニコラはすっかり閑散とした男子寮の中を進むと、迷いない足取りで階段を上る。

最上階である三階に到着すると、目的の扉の前に立ち、深呼吸してドアをノックした。

「入りますよ」

隠形の術を解いて、外套を脱ぐ。鍵はかかっていないのか、扉はすんなりと開いた。

ひょっこりと頭だけ覗かせれば、ナイトブラックのスラックスにウィングカラーシャツを着た背中が目に入る。カフスを着けながら振り返ったのは、もちろん部屋の主であるジークハルトだ。

相も変わらず、造形の女神の力作としか言いようのない、白皙《はくせき》の美貌《びぼう》である。

銀糸の髪も、紫水晶の瞳も、通った鼻筋も、薄い唇も、非の打ち所がない。あまりにも整いすぎていて、いっそ美術品を眺める気分でじいっと凝視《ぎょうし》していれば、彼は困ったように柳眉《りゅうび》を下げる。

「私の顔に、何か付いている？」

「……ええ、目と鼻と口が」

まぁ、その一つ一つが、文句のつけようもないほどに完璧な配置で並んでいるのだけれど。

無表情でいれば、それこそ精巧な彫刻か絵画か。作り物めいて見えるほどの美貌なのだ。

けれど、その美貌が存外に表情豊かであることもまた、ニコラは嫌というほどに知っていた。

たとえば、今だ。ニコラがするりと室内に身を滑らせれば、ニコラのドレスが目に入ったのだろう。驚いたように、小さく目を瞠《みは》る。

それから、ジークハルトはふっとあどけなく眦《まなじり》を緩めた。

「……その裾の色」

常は澄ましたその表情が、一瞬でほろりと甘く崩れるのが、どうにも心臓に悪い。

ニコラは顔をくしゃっと歪《ゆが》めると「ダスティー、ブルー、ですから」と、ぶっきらぼうに呟いた。

あくまでも青の名を冠する色だというその主張に、ジークハルトは双眸《そうぼう》を瞬かせ、それからくすくすと微笑んだ。気恥ずかしくて、ニコラはふいっと顔を背ける。

だが、それでも――。対外的には完璧な仮面を貼り付けて、決して隙を見せない青年の素顔を垣間《かいま》見ることが出来るのは、幼馴染《おさななじみ》の特権でもある。そのことに、仄暗《ほのぐら》い優越感が全くないかといえば、そうではないから始末に悪かった。

胸の鼓動が、ゆっくりと音を立てて体中に響き渡っていく。その音に呼応するように、胸の奥から生まれて、零《こぼ》れ落ちてゆく、あえかな火の灯《とも》った心。ニコラはきゅうと唇を引き結んだ。

あぁ、もう分かっている。認めざるを得ない。

確かに自分は、この男に恋をしているのだろう。

そして今夜、ジークハルトと踊ることで、婚約は公のものとなるのだ。それは単なる口約束ではなくなって、もう後戻り出来なくなる。

いや、後戻りしたいのかと問われると、微妙なところではあるのだが。要は心境の問題だった。

そんな緊張を、感じ取ったのだろう。ジークハルトがふっと吐息で笑う気配がして、ニコラはそっと、視線を持ち上げる。

「夢みたいだ」

「……大げさですよ」

歓喜と甘い熱を孕《はら》んだ声に、ニコラは仏頂面でそっぽを向いた。けれど、そのくせ頬だけはしっかり熱いのだから、居た堪《たま》れない。

どこか感情の薄い自分でも、それなりの感慨はある。大いにあるのだ。

けれど、目の前にその数倍も感極まった様子の相手がいると、どうにも面映ゆい心地になって仕方がないのである。だからこそ、口をついて出たのは、往生際《おうじょうぎわ》の悪いもので。

「何で……どうして、私なんですか」

この期《ご》に及んで、言うに事欠いて、つまらないことを言い出した自覚はある。

だがこればっかりは、もはや性分なのだから仕方がない。そう簡単に直せるものなら、端《はな》から苦労はしないのだ。

「…………どうして私なんかを選ぶんですか」

ニコラは、自分の外見が十人並みであることを理解している。

背は小さいし、痩せっぽちで、スタイルだって決して良くはないだろう。おまけに口は悪いし、性格だって可愛げがない。

けれど、目の前の相手は、そんなぶっきらぼうな物言いを歯牙《しが》にもかけず、緩く微笑んだ。

形良い唇が、そっと動く。唇から零れたのは、ただ一言。

「ニコラだから」

いっそ愚直《ぐちょく》なほどの直球に、ぐっと息を詰める。

馬鹿みたいな理由だ。納得できるわけがない。ニコラは恨めしげにジークハルトを睨《にら》み付ける。

「私より美人も、性格が良い人も、ごまんといますよ。どうしてその人たちじゃないんですか」

「そんなの、ニコラじゃないからだ。それ以外に理由なんてないよ」

あぁもう、とニコラは天を仰ぎたい気分になった。

結局、どうしたって敵《かな》わないのだ。この幼馴染には。

ニコラの躊躇《ためら》いも葛藤《かっとう》も、真っ向から踏み越えてしまうのだから、ジークハルトという人間は本当にどうしようもない。苦虫を嚙《か》み潰したような顔をしながら、ニコラはとうとう白旗を上げた。

「……本当に、物好きにも程があります」

その、皮肉ともつかぬ悪態は、もはやある種の敗北宣言だ。

けれどジークハルトは「それは聞き捨てならないな。私は物好きなんかじゃないよ」と嫣然《えんぜん》と笑う。

それから、そっと壊れ物に触れるように、ニコラの頬に手を添えた。

「だって、ニコラは可愛いし、化粧をしたなら美人だ。それに、懐に入れた人間を守り抜こうとする生き様や信念は、高潔で格好良い——だからこそ、危なっかしくて目が離せないのも、あるけれど」

懐に入れた人間の為になら、ニコラは自分の命を天秤《てんびん》にかけることが、出来てしまうから、と。

ジークハルトはそこで一度言葉を切ると、こつりと額を合わせてきた。まさに目と鼻の先。互いの吐息が混じり溶け合ってしまうくらいの距離で、視線が絡む。

「それでも、守ろうとするものがあるうちは、帰って来ようとしてくれるのも、ニコラだから。だから、ね。私を、ニコラの帰る場所にして欲しい」

あまりに真摯《しんし》な声音と眼差《まなざ》しに、ニコラはぐっと、唇を結んだ。

ややあって、蚊の鳴くような声で、言葉を絞り出す。

「……返品、不可ですからね」

ただ一言、是《はい》と頷けばいいのに、要らぬ一言を言ってしまうあたり、本当に可愛げがない。

それでも、幼馴染はその一言で十分に満足したらしい。

破顔したジークハルトは、ニコラを引き寄せて、あっさりとその腕の中にしまい込んだ。

元から、距離感がバグっていた幼馴染である。この距離には、そろそろ慣れてきた。けれど、

「ニコラ」

そう呼ばれて顔を上げると、最近では当然のように口付けが降ってくるようになった。

分かっていて顔を上げる自分も自分だと思うが、長らく待たせ過ぎた自覚はあるので甘んじて受け止めるしかない。触れるだけの口付けを数度交わせば、ジークハルトはそっと唇を離した。

それからもう一度、こつんと額を合わせてくる。

「嫌だった?」

悪戯っぽく尋ねてくるジークハルトに、ニコラはむくれた。

「……いちいちそういうの、聞かないでください。意地が悪いですよ」

だいたい、ニコラが本気で嫌がるようなことを、この幼馴染がしたことなど一度もないのだ。

聞くまでもなく、嫌ではないことくらい察しているだろうに。

そういうところが、本当に質《たち》が悪い。

じとりと半眼で睨《ね》め付けてみたが、ジークハルトは「うん、嫌ではなさそうだ」と笑うばかりだ。

ニコラは身を捩《よじ》って腕の中から抜け出すと、その肩をぐいっと押し離す。

「ほら、こんなことしてないで、さっさと支度を終えてください」

「あぁ、そうだった。最後の仕上げがあったんだった」

ジークハルトは思い出したように頷くと、手早く自身のベストとジャケットを羽織る。

それから、文机の花瓶に挿してあったブートニアを手に取ると、胸元のフラワーホールに差し入れた。

舞踏会では、うっかり婚約者がいる人間を口説く事故が起きないように、婚約している人間は男女共に、生花を身に着けて目印にしなければならないのだという。

ジークハルトのブートニアは、青い薔薇《ばら》を基調としたものだった。

「ニコラも、おいで」

人を犬猫を呼ぶみたいに、とは思うものの、ニコラは渋々といった体で椅子に座る。

ジークハルトが手に取ったのは、こちらも青いミニチュアローズだ。

親指の爪ほどの大きさの蕾《つぼみ》なので、意匠《いしょう》としては、ささやかなもの。主張はブートニアほど激しくはない。

ジークハルトは茎を短く整えると、いくつかをニコラの髪の編み込みに差し込んでいく。

ニコラは擽《くすぐ》ったさを紛らわせるように、幼馴染を見上げて呟いた。

「……わざわざ、白い薔薇を青く染めたんですね。青い水を吸わせて」

所謂《いわゆる》、毛細管現象というやつだった。白い花を色水につけると、花弁の色が変わるという、アレである。

もともと自然界に、青い薔薇は存在しないのだ。何故なら薔薇は青い色素を持たず、人工交配では絶対に咲かせることが出来ないからだ。

それゆえに、古くから青い薔薇は『この世にありえないものの象徴』とされ、花言葉は『不可能』とされている──少なくとも、この時代においては。

ジークハルトはくすりと薄く笑って、自分の胸元にあるブートニアを撫でた。

「ニコラが昔、教えてくれたんだよ。『あと二百年くらい文明が進めば、青い薔薇を生み出せるようになる。そうすれば、花言葉も変わりますよ』、って」

「……本当に、よく覚えていますね」

バイオテクノロジーが発展し、遺伝子組み換えが可能になった二十一世紀では、青い薔薇の花言葉は『夢かなう』へと変わるのだ。

確かに教えた覚えはある。が、それは年齢一桁台の、遠い昔のことだ。

相も変わらず無駄に優秀な記憶力に、ニコラは嘆息した。

ジークハルトはニコラを立ち上がらせると、エスコートするようにその手を引く。

「ほら。この世界で、二人しか知らない花言葉というのも、楽しいかと思ってね」

まぁ確かに、あの弟弟子ならば、花言葉など知る由もないだろうし、そうなれば確かに、この世界で二人しか知らない花言葉ではある。

ひそやかな笑いを零す幼馴染の横顔を、ニコラは胡乱《うろん》げな目で見上げる。けれどまぁ、悪くはないな、と内心で独《ひと》りごちて、小さく手を握り返した。

3

繊細な装飾の施された柱や壁。精緻《せいち》なフレスコ画が描かれた高い天井には、豪奢《ごうしゃ》なシャンデリアが吊り下げられている。学内の講堂、もとい、学内舞踏会の会場である。

入学式の際には「無駄に派手だな」としか思わなかったが、こういう用途もあるのであれば、華美な装飾にも納得がいく。舞踏会のファーストダンスは、華やかな音楽と共に幕を開けた。

広いはずのダンスホールも、ターンする度にふわりと広がる女生徒たちのドレスのおかげで狭く感じてしまう。ニコラはくるりとターンをするついでに、それとなく場内の様子を見回した。

今はまだ、婚約者のいない生徒たちは壁際だ。

だが、セカンドダンスからは壁際の生徒たちも参入してくると言うのだから、余計に人口密度が増すだろうと分かる。他のご令嬢のドレスを踏みそうで、今から怖い。

ちらりと見上げれば、吹き抜けの二階から内側に迫《せ》り出したバルコニーには、教師陣総出の管弦楽団が陣取っていた。あたりには、生演奏による緩やかなワルツの音が響き渡っている。

ここの教師たちは、おそらく楽器を嗜《たしな》むことが採用条件なのだろう。そう理解する程度には、誰も彼もが優雅に楽器を弾き熟《こな》していた。

正直、校舎の戸締まりくらい、学生ではなく教師がやれよと思っていたが、彼らは彼らでリハーサルをしていたと言うのだから、仕方のないことではあったらしい。

「……案外、雑用が多いんですね。生徒会って」

そつなくリードするジークハルトに身を委《ゆだ》ねながら、ニコラはぼそりと呟いていた。ジークハルトはちらりとこちらを見下ろして、苦笑してみせる。

「まぁ一応、裏方だからね。正直、率先してやりたがる人は、少なかったかな」

少なかった、と過去形で語るあたり、今はそうでもないということなのだろう。

理由は自《おの》ずと知れて、ニコラは小さく嘆息する。

「何だって、わざわざそんなものになろうと思ったんです?」

面倒なことは、できる限り避けたい性分のニコラである。それを率先して引き受けようとするなんて、およそ正気の沙汰とは思えない。だからこそ、ついつい胡乱《うろん》な目で見てしまう。

すると、ジークハルトは少しだけ困ったように笑い、遠い目をした。

「それこそ、毎年開催されるこの舞踏会をやり過ごすためだったよ。私にある選択肢は、セカンドダンス以降を〝誰とも踊らない〟或《ある》いは〝希望者全員と踊る〟の二択しかないから」

「あぁ……なるほど」

ジークハルトの基本スタンスは『敵を作らず穏健に。さりとて勘違いをさせぬように、特別扱いを作らない』であったことを思い出す。

よくもまぁそんな器用なことをと思うが、それがこの幼馴染の処世術であるのは、ニコラもよく知るところだった。

実際、ジークハルトは入学してからの二年間、ファーストダンスは婚約者不在として踊らず。かつ、セカンドダンス以降も、生徒会という運営側にいることを理由に、全ての誘いを断ることでやり過ごしてきたのだという。

確かに、誰かの誘いに一度でも乗ってしまえば、あとはなし崩しに希望者全員と踊る羽目になってしまうのは、想像に難くない。相も変わらず難儀《なんぎ》な御仁《ごじん》だな、とニコラは半眼になった。

実際、ジークハルトに対するセカンドダンスのお誘いは、今この瞬間もひっきりなしに続いている。ターンで別のペアと近付くたびに、方々から誘いの声がかかるのだ。

だが、ジークハルトはその全てに「セカンドダンス以降は、例年通り、生徒会として裏方に徹するから」と丁重《ていちょう》に断りの文句を述べていく。

その如才《じょさい》のなさと徹底ぶりは、いっそ見事ですらあった。

断られた令嬢たちはといえば、これまた心得たもので。残念そうに眉尻を下げつつも、彼女たちはあっさりと引き下がっていく。

「……正直、意外でした」

踊りながらそう零せば、ジークハルトはそれを拾って、不思議そうに首を傾げる。

「……いえ、何でもないです」

本当は、もっと嫉妬《しっと》の視線を浴びて、針の筵《むしろ》のような状況になるだろうと思っていたのだ。

だが実際のところは、『高嶺《たかね》の花のお相手は、一体どんな人間なのか』といったような、好奇の視線の方が強い。それはきっと、ジークハルトの立ち回りの巧みさによるものなのだろう。

嫉妬とは、手が届く可能性があるからこそ生まれるものだ。

手の届かない高嶺の花ならば、そんな対象に向けるのは、単なる憧憬《しょうけい》でしかない。

ジークハルトはその絶妙な匙加減《さじかげん》を以《もっ》て、今の位置に納まったのだろうと思う。

それは紛れもなく、彼の努力と才覚によるものだ。そのおかげでニコラは今、息が詰まるような視線に晒《さら》されることもなく、こうしてジークハルトと肩を並べることが出来ている。

その事実が少しだけ誇らしくて、けれど同時に、頭が下がる思いだった。

それでも、労《いたわ》りの言葉や感謝の言葉を素直に口に出すのは憚《はばか》られて、ニコラは複雑な感情を隠すように、そっと目を伏せる。

すると、目敏《めざと》く気付いたジークハルトが、微かに苦笑した。

「疲れた？」

「……ええ、まあ。というか、ファーストダンス、長すぎませんか。何分あるんです？」

誤魔化しも兼ねたその返答は、しかし本心でもあった。

うんざりだと言わんばかりにそう零せば、ジークハルトは苦笑を深めて答えた。

「序曲《プレリュード》よりは長くて、協奏曲《コンチェルト》より少し短いくらい、かな。だいたい二十分くらい」

「ながっ」

予想以上の長さに、ニコラは思わず顔を歪め、呻《うめ》いてしまう。げんなりとした表情のまま床を蹴れば、一瞬の浮遊のうち、くるりと位置が入れ替わった。

ジークハルトは淀《よど》みなく定型のステップを踏みながら、横目に壁際を見遣ると小さく肩を竦める。

「まぁファーストダンスは、既に婚約者がいる生徒のためというよりも、壁際の彼らのための、交渉の時間だからね。長いのも仕方がない」

「あぁ……そういえば」

ニコラはカリンとエルザを思い浮かべながら、「何かそんな話を聞いたな」と思い出す。

確か、誰と踊っても良いセカンドダンスの時に壁の花であることは恥で、だからこそファーストダンスの間に、壁際の生徒は死に物狂いで相手を探すことになる、だっただろうか。

だが、確かに言われてみれば、壁際は最初から殺伐《さつばつ》としていた気もする。

前半こそ点在する数カ所に人集《ひとだか》りが集中していたが、あれは条件の良いフリーの人間をめぐる、熾烈《しれつ》な争奪戦だったのかもしれない。

後半に入った今となっては、あぶれてしまった生徒たちが壁の花を回避するべく、必死の形相でパートナー探しに奔走《ほんそう》しているようだった。

なるほど、壁際は前半戦も後半戦も、一貫して殺気立っているわけである。

この分では、壁際の生徒たちはジークハルトの婚約者のことなど、気にする余裕もなかったに違いない。メイクを落としてしまえば、明日以降も安泰に過ごせそうだった。

そんなことをぼんやりと考えていたニコラは、ふとあることに思い当たって、うげっと顔を歪める。

「え、セカンドダンス、どうしよう」

ニコラには当然ながら、セカンドダンスを約束した相手などいないのだ。

恐らく、ジークハルトがファーストダンス中にも誘いかけられていたように、ニコラも誰かを誘うか、誘いかけに応じる必要があったのだろう。

だが、残念ながら今のところ、ニコラに誘いかけはひとつもなく。気軽に誘えるような伝《つて》もない。

どうしたものかと唸《うな》っていると、ジークハルトはくすくすと笑い、ニコラにそっと耳打ちした。

「セカンドダンスは、アロイスと踊るといいよ。話はもう通してある」

ニコラはその言葉に、めちゃくちゃ嫌そうな顔をして口元をひん曲げる。

曲の終わりが近いのを見計らって誘導したのか、気付けば近くにはシャルロッテもとい、エマと踊るアロイスがいた。

そのままアロイスに、ギギギと視線を移せば、アロイスはご機嫌に笑ってひらひらと手を振ってくる。どうやら本当に根回し済みらしい。

苦虫を百匹ほど噛《か》み潰したような顔をするニコラに、ジークハルトは苦笑して言った。

「目立ちたくないのは分かるけど、そんな顔をしないの。それに、ニコラはこの一ヶ月、アロイスと親しげにしていたのを大勢に見られているから……。多分他の男子生徒たちは遠慮して、誰も誘いかけてはこないよ」

「ぐっ……」

そう言われてしまえば、ぐうの音も出ない。

その上、ワントーン落として囁《ささや》かれた言葉は真剣なもので、茶化せるものではなかった。

「……私は少しこの場を離れるけれど。念のため、出来ればアロイスかエルンストの目の届く場所にいて欲しい」

「…………」

ニコラはいかにも渋々と、仕方なしとばかりに頷く。

それを見届けると、ジークハルトはアロイスと立ち位置を替え、そのまますするりとダンスの人混みの中に紛れて行ってしまう。

仕方なくその背中を見送っていれば、曲調が明確に、今までとは違うものへと移り変わった。

ファーストダンスが終わり、セカンドダンスが始まるのだ。

代わりにアロイスがニコラの手を取り、悪戯っぽく笑って言った。

「さぁ、ニコラ嬢。お手を拝借《はいしゃく》」

見れば、アロイスの手を離れたエマは、今度はエルンストと踊り始めたようだった。

ニコラは諦めたように、小さくため息を吐いてその手を握り返すしかない。

「……自慢じゃないですけど、むちゃくちゃ足を踏みますから」

運動音痴のニコラが、ジークハルトとであれば普通に踊れるのは、彼がニコラの躓《つまづ》きやすいポイントや苦手なところを熟知しているからだ。

ニコラとしても、幼い頃から練習相手は幼馴染であったので、ジークハルトと合わせることに関しては慣れているのである。

つまり、要するに。相手のリードが上手《うま》いことは大前提として。

その上で、ニコラが踊り慣れた相手でなければ、忽《たちま》ち足を踏みまくることになってしまうのだ。

ヒールで踏むのだから、さぞかし痛かろう。悪気があるわけでは決してないが、どうにも苦手なことは、存在するのだ。

ニコラはアロイスの胸元、白いサザンカやかすみ草が基調のブートニアを睨みながら言った。

「……忠告は、ちゃんとしましたからね」

「僕だってリードするのは慣れてるし、君が運動苦手なのも知ってるからね。ある程度は覚悟してるから、大丈夫！」

残念ながら、その余裕綽々《よゆうしゃくしゃく》な表情が引き攣《つ》っていくまでに、そう時間はかからなかった。

だが、今まで壁際にいた生徒たちも参入してきた以上、ダンスホールの人口密度は膨れ上がってしまっているのだ。誰かの値段も分からないドレスよりも、見知った人間の足の方が踏みやすいのだから、仕方がない。

セカンドダンス以降は、一曲の長さは五分前後と知れたもの。一曲が終わるごとにパートナーを次々に替えていくことになる。アロイスと踊り終われば、あっさりとエルンストの方に受け渡され、今度はエルンストと踊る羽目になった。

だが堅物騎士は不躾《ぶしつけ》にも、顔面をじろじろと眺めた上に、「おまえ、誰だ……？」などと真顔で問うてくるものだから、ニコラは忠告もなしに、思い切り足を踏んづけてやる。

精悍《せいかん》な顔立ちが苦悶《くもん》に歪んで、非常に胸がすく思いだ。いくら思ったとて、口に出して良いことと悪いことは存在するのである。

「……お前、化粧で変わりすぎだろう」

まだ言うか、ともう一度足を振り上げるも、今度はあっさりと避《よ》けられてしまう。ぐぬぬと悔しげに歯嚙《はが》みするニコラに、エルンストは小馬鹿にするようにハッと鼻で笑った。

それから、事あるごとに足を踏もうとするニコラと、その全てを避けるエルンストのダンスは、ひどく珍妙に見えたことだろう。何だか無駄に疲れてしまって、ニコラは曲が終わると同時にさっさと壁際へ退散することにした。

4

「……ほーんと、何やってるんだろう、あの二人」

アロイスとつい先ほどまで踊っていた少女は、今はエルンストと面妖《めんよう》なステップで踊っていた。二人の蟹《かに》のような足捌《さば》きが可笑《おか》しくて、アロイスは肩を揺らしてくつくつと笑う。いがみ合っているように見えて、意外と二人の相性は悪くないのだ。

さて、自分も相手を探さなければ。そう思い立ったところで、不意に声をかけられて振り返る。

そこにいたのは、隣国からの留学生たちが数名と、それに混じる女生徒が一人。一学年下の、生徒会の副会長である。

奇妙な組み合わせに首を傾げていれば、留学生の一人が進み出て口を開いた。

「お楽しみのところ、大変申し訳ありません。アロイス殿下」

「いいよ、気にしないで。どうしたの？」

アロイスは鷹揚《おうよう》に手を振り、続きを促す。すると、留学生は声を潜めて早口に尋ねた。

——我が国の、王子の行方《ゆくえ》をご存知ありませんか、と。

アロイスは動きを止め、怪訝《けげん》そうに留学生たちを見回した。

「え、リュカいないの？」

リュカというのは、留学してきた隣国の第三王子の名前だった。何かと奔放な自由人で、アロイスも過去に何度か振り回された経験がある。正直、少々お騒がせな人物だった。

学内舞踏会自体は、全校生徒が参加する行事である。留学生だけを除《の》け者にする理由もなく、隣国の第三王子を含む留学生たちも参加しているはずだった。

だが留学生らによると、リュカはそもそも舞踏会の開始時から、姿が見えなかったらしい。

最初はいつもの悪戯だろうと思っていた彼らだったが、開始して三十分が経ってもリュカの姿は見えないまま。さすがに放っておくことも出来ず、こうして捜し始めたのだという。

「……それで、わたくしもお話を聞きまして、一緒にお捜ししていますの」

そう締め括った副会長に、アロイスはなるほどと頷きつつ、眉を顰めた。

「残念ながら、僕もリュカが何処《どこ》にいるのかは知らないな」

アロイスが首を横に振れば、留学生たちは困惑したように顔を見合わせる。アロイスは腕を組むと、三秒ほど天井に視線を移して思案した。

いずれにせよ、留学しに来ている以上は国の賓客《ひんきゃく》。

粗相があってはならないし、捜しに行った方がよいだろう。

「仕方がない。僕も一緒に捜すよ」

ちょうど、エルンストがニコラと踊り終えた頃合いだった。アロイスはエルンストを呼び寄せると、リュカ捜索に加わることとなった。

◇

留学生らによれば、舞踏会の会場である講堂内は、既にあらかた捜し回ったという。

「となると、校舎にいるのかな。でも校舎の鍵は、生徒会が締め切ったはずじゃ……?」

アロイスが首を傾げながら呟くと、副会長の女生徒が肯定するように頷いた。

曰《いわ》く、校舎の鍵は、教員が管理する鍵束が一つと、生徒会が管理する鍵束が一つしか存在しないらしい。

教員は演奏のリハーサルがあったために、教員用の鍵束は副会長が借り受けており、生徒会所蔵の鍵はジークハルトが使用し、舞踏会前に二人で施錠して回ったのだという。

「悪戯か何かで、校舎のどこかに隠れていらっしゃるのに気付かずに、わたくしたちが鍵をかけてしまったのかもしれません……」

「君、鍵は?」

副会長の不安げな呟きに、アロイスは短く問う。

すると彼女は、おずおずと鍵束を取り出してみせた。大きな輪っかに取り外しが可能な鍵が数十と連なる、年季の入った年代物である。

「まだ持っておりますわ。先生方にお返しする機会はなかったもので……」

エルンストは副会長の持つ鍵を一瞥《いちべつ》すると、アロイスの表情を窺《うかが》うように視線を移した。

「……では、校舎へ探索を広げますか?」

「うん、そうしよう」

とはいえ、全校生徒が集まるダンスホールだ。まだ生徒の中に紛れ込んでいる可能性も捨てきれない。

アロイスは六人いた留学生のうち、四人をそのまま講堂に残すと、アロイスとエルンスト、副会長と留学生二人の計五人で、校舎へ向かうことに決めた。

幸いなことに、講堂のメインホールとエントランスホールとを区切る開口部には、扉がない。おかげで一般生徒に注目されることもなく、メインホールを抜け出すことは比較的容易《たやす》かった。

開口部を潜り抜ければ、一気に喧騒《けんそう》も遠のいて、室温もぐっと下がる心地がする。

「手燭《てしょく》は……どうしようかな」

「恐らく現時点で火をつけたとしても、無駄になるかと」

「まぁ、だよねえ」

エルンストの冷静な指摘に、アロイスは苦笑交じりに相槌《あいづち》を打つ。

講堂と校舎は一階の渡り廊下で繋《つな》がっているが、屋根こそあれど壁はない、吹きさらしなのだ。手燭に火をつけたところで、渡りきる前に消えてしまうに違いない。

「渡りきってから、火をつけることにしよっか」

結局、一行はクロークから手燭をいくつかとマッチを拝借した。

扉を押し開けば、ゴウッと冷たい空気が身体を講堂の中へ押し戻そうとする。それを押し退《の》けるようにして、無理矢理にでも歩を進めるしかなかった。

冬の十八時半ともなれば、すっかりと夜の帷《とばり》も落ちている。ちらつく雪が、横殴りに頬を叩いた。せめてもの暖をと、五人で身を寄せ合いながら歩けば、不意に留学生の一人がはたと足を止める。

「明かりが……」

「え？」

思わずといった様子で呟いた声に、アロイスもまた足を止めた。

吹き付ける風に目を細めながら、留学生の指差す先を見上げれば、確かに四階の奥の方の窓の一つから、ぼんやりとした明かりが漏れていた。

空間的に、高さと奥行き共に鋭角に見上げることになるため、自信はなかったが、窓のひとつだけカーテンが半端に開いているのかもしれない。

白木の窓枠には、部屋の壁の色を反射してか、ほんのりと緑色に色付いているように見えた。

「あれは美術室、か……？」

呟いたエルンストと、アロイスの声が重なる。どうやら彼も同じことを思ったらしい。

一同が怪訝な面持ちで四階を見上げていると、

――ガシャンッ！

階上から、突如、陶器の割れるような音が響いた。

思わず肩を跳ねさせれば、今度はパリンッと硝子《ガラス》が割れるような音が続く。何かが割れるような剣呑《けんのん》な音は、単発ではなく不規則、断続的に響いた。

言い知れぬ予感にざわりと首筋が粟立《あわだ》つ。一体、何が起きているというのだろうか。

そんな中、一番最初に動いたのはエルンストだった。早鐘《はやがね》を打つ心臓を叱咤《しった》して、アロイスも校舎の扉を目がけて駆け出した。留学生二人と副会長も、遅れじと着いてくる。

「早く、鍵を！」

エルンストが扉に駆け寄りながら、副会長に鋭く命じた。

女生徒はハッとした様子で鍵束を取り出すと、鍵穴に差し込もうとする。しかし、慌てているためか、それとも動揺しているのか、なかなか鍵が上手く入らない。

やがて痺《しび》れを切らしたエルンストが、彼女から鍵束をひったくりつつ無理やりドアを蹴り開けた。

バキッという音が響いて、蝶番《ちょうつがい》ごとドアが開く。そのまま雪崩《なだ》れ込むように、一同は校舎の中へ駆け込んだ。

当然ながら、校舎内に明かりはなく、しんと冷え切った夜の校舎はとっぷりと暗い。

だが、アロイスとて三年は通った校舎だ。

手燭の明かりがなくとも、階段や教室の配置は頭に入っている上に、飛び込んだ扉の前にはちょうど階段が位置する。アロイスは一も二もなく階段を駆け上がった。

一階、二階と素早く上って、三階の踊り場に差し掛かる頃には、気付けば断続的に聞こえてきていた音は止《や》んでいた。それでも息つく暇もなく階段を上がり切ると、四階の廊下へ躍り出る。

「美術室は、四階の、一番奥……」

アロイスは息切れの合間にそう呟くと、先を行くエルンストの背を追いかけてもう一度走り出した。

明かりひとつ無い廊下は、ひどく暗くて陰鬱《いんうつ》に見える。それも相まって、得も言われぬ不安が膨らんでいった。それを無理やり振り払って、ただがむしゃらに足を動かす。

四階突き当たり横の教室に辿《たど》り着くと、アロイスは肩で息をしながら目の前の扉を見据えた。

息を整える間も惜しむように、エルンストが手探りでドアの錠に鍵を差し込む。

ガチャ、と鍵の開く音。次いで、警戒も兼ねて、慎重に扉を押し開ける。そして――、
視界の先に広がった光景に、アロイスとエルンストは同時に息を呑《の》んだ。

床には割れた白磁《はくじ》の壺《つぼ》や、硝子の花瓶の破片が散乱していて、それらの中身と思われる水が床に水溜《みずたま》りを作っている。花瓶が落ちる時に当たったのか、イーゼルや乾かしかけのキャンバスが倒れ、ひどく荒れた形跡があった。

そしてその中央に、まるで糸の切れた人形のように、横たわるリュカの姿があったのだ。

――あぁ、どう見ても事切れている。一目見て、アロイスはそう判断した。

微動だにしないリュカの胸には、真っ直《す》ぐに短刀が突き立てられていて。その光景だけを見れば、いつもの悪ふざけのようにも思えた。

リュカの性格を考えれば、今にもぱっちりと目を開いて「どうだ、驚いたか?」とでも起き出してきそうなものだった。それなのに、真っ先にその可能性を除外してしまったのは、鉄錆《さび》の匂いが鼻を衝《つ》いたせいだろうか。

きっとオペラであれば、発見者が悲鳴のひとつでも上げるべき場面なのだろう。けれど現実はそうはいかない。アロイスは目の前で起こった非現実的な光景に、静かに動揺するだけで精一杯だった。

エルンストが跪《ひざまず》いて、リュカの頸動脈《けいどうみゃく》にそっと触れる。

だが、脈がないことを確認したのか、目を伏せたまま静かに首を振った。

「……まだ温かい。そう時間は経過していないと思われます」

あぁ、体温が残っているから、こんなにも濃密に血の匂いが立ち上るのか。アロイスはどこか他人事のように考えて、リュカの肢体をぼんやりと見下ろした。

驚愕《きょうがく》に見開かれた瞳。投げ出された手足。胸を貫いたままの短刀。そのどれもが、ひどく作り物じみていて現実味がない。

銀色に鮮やかな紅がぬらりと光る様は、いっそ非現実的な美しささえあった。粘り気のありそうな紅い液体と銀色の光沢が、てらてらと光を跳《は》ね返している。

そこまで考えて、アロイスはようやく違和感に気付いた。

いや、もしかすると意図的に目を背けていたのかもしれない。けれど、いつまでも目を逸《そ》らしてはいられなかった。

アロイスもエルンストも、手燭に火はつけなかったのだ。なのに何故こうも色鮮やかに、血の色や亡骸《なきがら》の様を判別できるのか。腰を抜かす留学生と声もなく青褪《あおざ》める副会長を尻目に、アロイスはひどくゆっくりと背後を振り返った。

「ジー、ク……?」

それは、まるで自分のものではないような、掠《かす》れて引き攣った声だった。

振り返った、視線の先。そこには強張《こわば》った表情でリュカを見下ろしている、ジークハルトの姿がある。その手の中で、この部屋唯一の光源――手燭の炎だけが、不規則に揺らめいていた。

◆◆◆

あのこねこを飼いたいの、とわたしはいいました。

でも、エルマはこわいかおをして、首をよこにふりました。

「おじょうさまの、おばあさまは、ねこがそばにいると、くしゃみやお咳《せき》が、とまらなくなるのです。だから、お屋敷でねこを飼うことは、できません」

わたしは、ふぅんといいました。


「えい」


地面がたてになって、お空にむかって、まっさかさま。

ひゅーっと落ちて、いちごみたいに、ぺっしゃんこ。

いらない人も、いらないのです。

だってわたしは、こねこがほしいのだもの。

かわいいこねこは、わたしのものになりました。

三章 ── Who killed Cock Robin? It was him, said the sparrow.

1

ニコラと踊り終えたエルンストは、彼の主君に呼ばれてどこかへ行ってしまった。無為な小競《こぜ》り合いを繰り広げてしまったせいで、体力を使い果たした気分になる。

ニコラは壁際に移動すると、ふぅと息を吐いて壁に背を預けた。開始から三十分も経過すれば、流石《さすが》に休憩も許されるらしく、壁際で休む生徒の姿はちらほら見られる。

他にも壁際には軽食や飲み物のテーブルが用意されていて、そこで小腹を満たす生徒もいれば、引き続き踊り続ける生徒もいるようだった。

手持ち無沙汰に周囲の様子を眺めていると、不意にドレスの裾《すそ》をくんと引っ張られる感覚がある。裾を掴《つか》む手の主を見れば、そこにいたのは弟弟子だ。

隠形《おんぎょう》の術は、認識を逸《そ》らし、周囲に姿を溶け込ませる術だ。つまり、相手が気付くようにアクションを起こせば、その相手には認識できるようになるのである。

「何……？」

悪役令嬢はキャンピングカーで旅に出る
〜愛猫と満喫するセルフ国外追放〜
2
著／ぷにちゃん
イラスト／キャナリーヌ
もふもふとキャンピングカーで送る
快適ゆる旅ファンタジー
第二弾！
祓い屋令嬢ニコラの困りごと 3
著／伊井野いと イラスト／きのこ姫
恋に怪異にてんてこ舞い。
祓い屋令嬢ファンタジー
堂々完結。
DRE NOVELS
DRE《ドリ》ノベルス
2024年2月の新刊
毎月10日頃発売
DRECOM MEDIA
DRECOM with entertainment

DREノベルス刊行情報

2024年3月の新刊 3月8日頃発売

ルチルクォーツの戴冠 2
ー若き王の歩みー

著／エノキスルメ　イラスト／ttl

骸骨の剣聖が死を遂げる 2
～呪われ聖者の学院無双～

著／御鷹穂積　イラスト／fame

「珍妙なダンスが終わったんなら、オレの壁になってよ」

そう言うシャルの両手には、こんもりと料理が盛られた皿がある。

それを一瞥《いちべつ》すると、ニコラは呆《あき》れを隠すことなく「餓鬼《がき》の所業じゃん」と呟《つぶや》いた。もちろん小さな子どもという意味ではなく、文字通り餓《う》えた鬼の意である。

シャルは器用に肩を竦《すく》めると「こんなんでも一応、今世は貧民街スタートだからさぁ。食べられる時に、たらふく食う癖ついちゃってんの」と事もなげに返した。

「う、反応に困る返しをする……」

「そりゃあ、わざとやってるんだから当然」

そう言って、シャルはからりと笑う。

ニコラは指で頬《ほお》を掻《か》いて、次いでため息を吐いた。

確かシャルの母親は、どこぞの侯爵の屋敷で奉公中に、主人のお手付きにされた挙句《あげく》、シャルを身籠《みご》もったことで、屋敷の奥方から追い出されたという。まさに踏んだり蹴ったりである。

「ま、ねーちゃんが早々に働きに出てくれたおかげで、貧民街生活もそう長くはなかったし。あれも人生経験と思えば、貴重ではあるよなーって。てかそれより、腕疲れたんだけど。早く壁になってくんね？」

一応、透明人間は衣服も透明になるように、隠形中は身に着ける物や手に取る物も、周囲に溶け込む。

ただ、食べている時に誰かにぶつかってしまえば、当然ながら、その相手には認識されるようになってしまうのだ。だからこそこうやって、ニコラの背後に隠れに来たのだろう。

ニコラはため息を吐くと、ホールの隅のテーブルを指差して移動した。

「見て見て、シャルロッテちゃん、大人気」

そう言ってシャルがあごでしゃくる先を見れば、シャルロッテに扮《ふん》するエマの周囲に、たくさんの男子生徒が群がっていた。

思えば、この舞踏会はアロイスの婚約者のお披露目でもあるのだ。相応に注目度は高いのだろう。

少しばかりたじたじになっているエマを横目に、ニコラは小さく肩を竦めた。

「そういえば、壁際の修羅場、凄《すご》かったね……。最後らへん、ヒールなのに小走りになってる女の子もいたし、本当に大変そうだった……」

ファーストダンスの間も壁際に溶け込んでいたであろうシャルも、ぶつからないように避《よ》けるのは大変だっただろう。そう思って話を振れば、シャルは呆れたような目をしてニコラを見遣《みや》った。

「他人事みたいに言ってっけど、来年はお前も、壁際の修羅場に仲間入りだろ？　お前の婚約者、あと半年足らずで卒業しちゃうんだし」

思わずうぐっと言葉に詰まる。

学期は秋始まりだ。シャルの言う通り、ジークハルトはあと数ヶ月足らずで卒業してしまうのだった。つまり、来年と再来年は婚約者不在で、自動的に壁際スタートになるのである。

おまけに言えば、足を踏んでも大丈夫と思えるような知人――つまり、アロイスとエルンストも来年はいないのだ。今から既に、来年のことで頭が痛くなってしまう。

「……最悪、ジェミニに適当な男子生徒に化けてもらって、踊ろうかな」

遠い目をして呟けば、喚《よ》ばれたと思ったのか、使い魔がぽよんっと姿を現した。

テーブルの上で『あるじ、よんだ？　よんだ？』と言わんばかりに、ころころと左右に揺れている。

そんな健気《けなげ》な様を見て、隣から白い視線がぐさぐさと突き刺さった。

「そんで、使い魔の足を踏みまくるワケ？　ひっどいご主人サマだなー」

「ゔっ……」

痛いところを突かれて、思わず視線を泳がせる。

すると、ジェミニは水風船のような身体《からだ》から、にゅっと手のような突起を生やし、何やらテーブルに文字を書いた。覗《のぞ》き込めば『れんしゅう、しよ？』と読める。

思わず目を瞠《みは》って、ニコラはまじまじと使い魔を見つめた。

「……なぁにおまえ、そんな優しいこと言ってくれるの？」

そう言えば、使い魔は肯定するようにぽよんぽよんと飛び跳ねる。

「あぁ、うちのこが、こんなにも可愛《かわい》い……」

感極まって、ニコラはジェミニをうりうりと撫《な》で回した。すると、もっととせがむように擦り寄ってくるものだから、あまりのいじらしさに、ますます頬が緩んでしまう。

ついつい撫でくり回していると、シャルが盛大なため息を吐いて言った。

「おーい自重しろー？　傍《はた》から見ると、何にもないところを撫でくり回してる、変な奴《やつ》だぞー」と。

はっと我に返り、ニコラは慌てて手を引っ込める。

幸いなことに、ホールの隅っこに注目しているような奇特な人間はいなかった。誰にも見られていないことに、ニコラはほっと胸を撫で下ろす。

社交の場に恥じず、貴族の子も商家の子も、皆、人脈作りに忙しいらしい。社交を放棄して隅っこにいるような人間など、端《はな》から眼中にないのだろう。

「……それより、気付いてるか？　さっきから、教師が数人、慌ただしく出入りしてるよな」

「あぁ、うん。私も気になってた。何かトラブルかな」

先ほどから教師が数人、管弦楽団を抜けているのにはニコラも気付いていた。

二階から内側に大きく迫《せ》り出したバルコニーは、一階ホールの隅からであればよく見える。見上げるまでもなく、数人が忙《せわ》しなく出入りしている様子が視界に入るのだ。

数人が抜けてもなお演奏を続けているあたり、生徒に気取《けど》らせるつもりはないのであろうが。

教師たちの顔色を見るに、ただ事ではないことが察せられて、ニコラは弟弟子と顔を見合わせる。

「何だろな？」

「本当にね」

小声で囁《ささや》き合った、その時だった。不意に肩を強く引かれて、ニコラは思わずたたらを踏む。

驚いて背後を振り返れば、そこには血相を変えたエルンストが立っていた。

「……悪いが、今すぐ来てくれ。事情は道すがら説明する」

それは、有無《うむ》を言わせぬ口調だった。エルンストはニコラの返事も待たずに、そのまま腕を引っ張って歩き始めてしまう。

その表情はひどく余裕がないもので、否が応でも異常事態と分かってしまう。ニコラは目を白黒させつつも、大人しく付き従うしかない。

隣でシャルが、「オレも隠形したまま、ついてってやるよ」と小さく囁いた。

だが、そうなるとエマが一人になってしまうだろうに。眼鏡《めがね》をかけていないエマの視界は、かなり悪いはずだった。介助は良いのかとエマの方に視線を送れば、シャルは「じゃあ、ねーちゃんにも隠形かけて、連れて行けばいい」と、こともなげに言ってのける。

そのままスタスタと姉の元へ歩いて行ったシャルを横目に、ニコラは半ば引き摺《ず》られるように、ダンスホールを後にすることになった。

◇

ダンスホールを抜けてエントランスホールへ出ると、途端に体感気温がぐっと下がる。

暖炉の炎と人混みの熱気に慣れてしまっていた身体が、急激な変化についていけずに小さく身震いした。

クロークスペースで外套《がいとう》を身に纏《まと》いながら、ニコラは改めて、エルンストの様子を窺《うかが》い見る。

すると、彼は視線で察したのだろう。変わらず焦燥《しょうそう》の滲《にじ》んだ横顔のまま「……いいか、落ち着いて聞けよ」と、重苦しく口を開いた。

「……鍵のかかった美術室の中で、隣国の第三王子が刺殺された。死因は正面から心臓を一突きされたことによるもので、恐らく即死に近かっただろう」

第一声から物騒《ぶっそう》な言葉に、ニコラは僅《わず》かばかり顔色を失《な》くす。とはいえニコラからすれば、隣国の第三王子など顔さえも知らない、縁遠い人物だ。

「それで、どうして私が呼ばれるんですか？」

率直にそう問えば、エルンストは硬い表情のまま言葉を続けた。

「……俺たちが美術室に向かっていた時、美術室からは争うような物音がしていたんだ。そして、鍵のかかった部屋の中に、俺たちが踏み込んだ時……室内には、絶命したリュカ殿下と——閣下がおられた」

エルンストはそこで一度切ると、言葉を選ぶように押し黙る。

やがて奥歯を噛《か》み締めたのち、エルンストは胃の腑《ふ》の底から絞り出すように、低く告げた。

「つまり、閣下が遺体の第一発見者にして、容疑者でもあられる」

「…………は？」

エルンストの告げた言葉の内容を、ニコラは咄嗟《とっさ》に呑《の》み込むことができなかった。

あぁ、この男が閣下と呼ぶのは誰だっけ、と呆《ほう》けた思考が巡る。あぁそうだ。ジークハルトだ。彼は既に家督《かとく》を継いでいるから、侯爵様なのだった。彼らは仲が良い割に身分差があるから、エルンストはジークハルトを閣下と呼ぶのだった。

ようやくそこまで思い至って、いや、それよりも問題は、その言葉の内容だと思考を戻す。

ニコラは呻《うめ》くように、言葉を絞り出した。

「……あの人は、返り血を浴びていたり、凶器を持っていたり、したんですか……？」

掠《かす》れた声でそう問うと、エルンストは小さな否定を返した。

どうやら決定的な現行犯ではないらしい。そのことにひとまず安堵《あんど》はするものの、エルンストは眉を顰《ひそ》めたまま、言葉を続けた。

「残念ながら、凶器のナイフは引き抜かれていなかったから、犯人は返り血をほとんど浴びていないだろう。引き抜かなければ、凶器自体が傷口の栓《せん》になるからな。……だからこそ、返り血を浴びていなかったとしても、無実の証明にはならん」

「じ、じゃあ……実は、かなり前に亡くなっていた、とか……」

微《かす》かな期待を込めてそう零《こぼ》したが、エルンストは緩慢《かんまん》に首を横に振ってみせた。

「俺は職業柄、多少の心得がある……。普通、死後硬直はあごから始まっていくんだが、まだ硬直は始まっていなかった。いや……それ以前に、遺体にはまだ体温が残っていたんだ。死後、それほど時間は経過していなかっただろう」

「……ジークハルト様の、証言は？　あの人は、何と」

そう問えば、エルンストはぐっと唇を噛《か》んで押し黙る。

それから逡巡《しゅんじゅん》するように視線を彷徨《さまよ》わせると、苦虫を噛み潰したような表情で口を開いた。

「……閣下は最初、美術室と内扉で繋《つな》がっている隣室――美術準備室におられたらしい。やがて、何かが割れる物音が美術室から聞こえ始めたため、音が鳴り止《や》むのを待ってから美術室へ入られた、と。その直後、俺たちが駆け込んだそうだ」

美術準備室にも廊下に面した扉はあるらしく、ジークハルトは廊下側から鍵を使って準備室へ入り、そして、内扉を通って美術室に入ったという。

だが、ジークハルトが美術室に踏み込んだ時、室内には絶命しているリュカだけが横たわり、犯人の姿はどこにもなかったらしい。

「閣下だけでなく俺たちも、誰かと争うような物音は耳にしている。それに、遺体にまだ体温が残っていた以上、物音がしていた時点までは、リュカ殿下は生きていたと考えるべきだろう。

だが、俺たちが踏み込んだ時、美術室には鍵がかかっていた。直前まで隣の準備室にいたという閣下の証言が確かなら……。犯人は美術室から、忽然《こつぜん》と消えたことになる」

エルンストは一旦そこで言葉を切ると、言い淀《よど》むように口を噤《つぐ》んだ。

エルンストが躊躇《ためら》った言葉の先を嫌でも理解してしまって、ニコラはぽつりと続きを引き取った。

「つまり、犯人が美術室から消えたと考えるよりも、あの人が犯人だと考える方が、まだ現実味があると。そういうことですよね」

「あぁ……。状況だけを見れば、犯人は閣下以外にあり得ない」

エルンストは奥歯を噛み締めたのち、最悪の言葉を紡いだ。

救い難いことに、ジークハルトの無実を証明するに足る情報が、ひとつとして存在しないのだ。

エルンストの言を覆《くつがえ》せるほどの根拠も、ニコラには見出《みいだ》すことが出来なかった。

それでも、エルンストの苦悩と焦燥に満ちた横顔に、ニコラと同じ感情を垣間見たような気がして、ニコラはどうにか表情筋を動かして笑ってみせた。

「……エルンスト様は、ジークハルト様が無実であることを、信じようとしてくれてるんですね」

「当たり前だ。俺だけじゃない、アロイス殿下もだ。……それに、脳筋な俺とは違って、頭脳まで優秀な閣下だぞ？　誰かを殺すにしても、あの方ならもっと上手《うま》く立ち回れるに違いない」

ちょっと斜め上の回答は、おそらくニコラを和《なご》ませるための、エルンストなりの冗句《じょうく》なのだろう。少々殺伐《さつばつ》とした内容なのは、彼の職業や性格を思えば、ご愛嬌《あいきょう》といったところか。

ニコラもその気遣いに報いるかのように、少しだけ口角を上げてみせる。

そうすれば、エルンストもまた、ぎこちなく笑った。

お互いに下手くそすぎる作り笑いだが、虚勢だとしても、笑えないよりはマシだろう。

やがてエルンストは、表情を引き締めてニコラを見据えた。ニコラもその視線に応え、しゃんと背筋を伸ばす。

「外套を着たのなら、行くぞ。外は吹雪《ふぶ》き始めている」

エルンストはそれだけ告げて、吹きさらしの渡り廊下へ繋がる扉を押し開けた。

瞬間、引き絞られた弓弦のような、張り詰めた冷気が頰を刺す。ニコラも数歩遅れてその背中を追いかけた。

背後で扉が閉まれば、渡り廊下はとっぷりと暗闇に沈み込んだ。ゴウッと耳元で風が唸《うな》り、叩《たた》き付けるような風雪が容赦なく視界を遮ろうとする。

雪と暗闇で視界は悪いが、見上げれば明かりの漏れる窓がひとつだけ、遠目に見て取れる。

脳裏《のうり》に過《よ》ぎるのは、ほんのひと月に引いてしまった、碌《ろく》でもないタロットカードの数々だ。

目的の場所は明確だというのに、足取りはただただ重かった。

2

美術室には何度か訪れたことがあるが、ニコラの知る教室風景とは大きく異なっていた。

まず、座学を受ける際に使用していた机や椅子は全て廊下に出されており、美術室は随分と広く感じられた。

代わりに壁には、複数のイーゼルや乾かしかけのキャンバスが立て掛けられており、それらの幾つかは雑然と倒れている。

その周囲に散らばるのは、無惨に砕け散った花瓶や壺《つぼ》の破片だった。

立て掛けられたキャンバスの絵を見るに、壺や花瓶は一人にひとつ与えられた、静物模写のモチーフだったのだろうと分かる。だがそのいずれも、今や原形すら留《とど》めていなかった。

粉々になってしまった破片は全て、白いチョークで引かれた人型の囲いの外側に、無残な有様で散らばっていて。争った形跡が生々しく残されていて、知らずと息が詰まった。

遺体が既に運び出された後だということは、正直言ってありがたい。そう安堵しかけて、ニコラはふと何かに引っかかりを覚える。

だが、微かな違和感に首を傾《かし》げるニコラを他所《よそ》に、室内にいる人間たちの視線はニコラへ向けられていた。空気がピリピリと張り詰める気配がして、ニコラはごくりと生唾《なまつば》を呑む。

この場にいる顔ぶれの中で、ニコラの見知った人間はジークハルト、アロイス、エルンストだけだった。

残りの生徒三人は、アロイスらと一緒に死体を発見したという留学生二人と、生徒会の副会長だろうか。その他は、名前も覚えていない学院の学長と、数人の男性教諭が横に控えている。

張り詰めた空気の中、白髭《しらひげ》を蓄えた老齢の学長が口を開いた。

「君が、彼の婚約者か。最後に彼の姿を見たのはいつのことか、覚えているかね」

来た、とニコラは細く息を殺した。

低く嗄《か》れた声が室内に重く響き、ニコラは威圧されるような心持ちになる。

なるほど、ニコラはジークハルトのアリバイ聴取のために、この場に呼ばれたらしいと理解する。

だとすれば、何をどう言うのが正解なのだろう。

ジークハルトと一緒に踊っていたのは、ファーストダンスの間の約二十分だけだ。その後、セカンドダンス以降は、ジークハルトはニコラの元を離れている。

けれど、もしもセカンドダンス以降も一緒に踊っていたと証言すれば、どうだろうか。

全校生徒はざっと三百人。それがセカンドダンスに入るや否や、一斉に踊り出したのだ。

流石のダンスホールも手狭になるし、誰がどこで何をしていようと、あやふやな状況だっただろう。

社交の場で同じ人物と踊り続けることはマナー違反だが、ニコラが駄々をこねてずっと踊り続けたと証言すれば、或《ある》いは――。

そこまで考えたところで、不意にジークハルトと視線が絡む。ジークハルトはニコラの考えを見透かしたかのように、静かに首を横に振った。自分の呼吸が、明確に揺れる。

ニコラとて、本当は分かっているのだ。

婚約関係の有無など関係なく、誰とでも踊ることが出来るセカンドダンス以降は、きっと思い出作りにも丁度いい。ファーストダンスの最中にも、方々から誘いかけられていたのを見る限り、ジークハルトと踊りたがっていた人間は会場にごまんといたはずだった。

みな隙あらば声をかけようとしていただろうと嫌でも分かる。

本来なら誰がどこで何をしていようとあやふやな状況下でも、ことジークハルトに関しては、常に衆人の関心が寄せられていたのだ。

会場で聞き取り調査でもすれば、不在は明白。嘘《うそ》はすぐに露呈《ろてい》するに違いなかった。

ちゃんと、分かってはいるのだ。ここで偽証《ぎしょう》したとしても、根本の解決になりはしない。

ニコラはジークハルトに不利な証言をしなくてはならないと、理性では分かっている。

だが、それでも逡巡するニコラに、ジークハルトはもう一度、静かに首を振った。

喉《のど》が引き攣《つ》れて、ひゅうと無様な音が鳴る。

「……一緒にいたのは、ファーストダンスの間だけです」

絞り出した声はひどく掠れて、あまりにも小さかった。けれど、聞き逃してはもらえないだろう。

エルンストが、アロイスが、唇を噛んで俯《うつむ》くのが見えた。

他ならぬニコラの証言が、セカンドダンスが始まってから死体発見までの、空白の時間を証明してしまったのだから、当然だろう。

何だかひどく息が苦しかった。口の中だけで息を吸ったり吐いたりしているから、肺にまで酸素が届いていないのだろうと、どこか他人事のように自覚する。指先の感覚が遠くなっていく。

留学生や副会長の女生徒、教師陣の視線が、ジークハルトに集中した。

視線を一身に集めたジークハルトは、凪《な》いだ無表情で静かに口を開いた。

「何度同じことを問われたとしても、答えは変わりません。美術室で何かが割れる音がした時点では、私は美術準備室にいた。内扉から美術室に入ると、リュカ殿下は既に亡くなられていました」

ジークハルトはそう言って、教室の前方、黒板の左横を一瞥《いちべつ》する。

釣られるようにそちらを見遣れば、開いたままになっている内扉から、美術準備室の様子が窺《うかが》えた。

ニコラも一度、授業で入ったことがある。準備室の壁紙は美術室とは違い、何の変哲《へんてつ》もないクリーム色で、雑多に物が収納された部屋だったはずだ。

防寒のために、準備室も同様に二重窓になっていた気はするが、今は分厚い遮光カーテンで覆《おお》われていて、確かめる術《すべ》はない。

そういえばと美術室の窓に目を戻せば、美術室のカーテンもひとつを除き、全て閉まっている。半端に開いたひとつからだけ、二重になっている窓が垣間見えた。きっと、あそこから光が漏れていたのだろう。

「……僭越《せんえつ》ながら、申し上げますわ。わたくしたちが渡り廊下を渡っている時、美術室には明かりが見えましたの」

沈黙を裂《さ》いたのは、副会長の女生徒であるらしい。

その言葉に、留学生二人がおずおずと、アロイスとエルンストが苦々しげに頷《うなず》いて、同意を示す。

「ですが、その……アロイス殿下たちが美術室に踏み込まれた時点で、美術室の光源はジークハルト会長の手燭《てしょく》の炎だけだったはず……。会長の証言が本当だとして、美術室の明かりはどこに消えたのでしょう？」

教師たちの視線が、猜疑《さいぎ》と断罪の色を帯びてジークハルトへ注がれるのが分かる。

アロイスやエルンストたちの目撃証言までもが、ジークハルトを追い詰めていくのだ。あまりにも非現実的な状況に、思考が上手《うま》く働かなかった。

どれだけ息を吸っても、息が苦しい。ニコラは呼吸の仕方さえ忘れてしまったらしかった。心臓だけが急《せ》き立てられるように高鳴っているのに、手足の先が凍ったように冷たい。

頭がくらくらする。思い切り手を握り締めて、痛みで残りの感覚をこの場に繋ぎ止める。そうでもしないと、自分がどこにいるのかも分からなくなりそうだった。

「……ニコラ嬢に尋ねるべきことは、もうないでしょ？　なら、彼女はもう解放していいよね」

アロイスはそんなニコラの様子を見兼ねたのだろう。

そう一方的に宣言すると、ニコラの背を押して美術室の外へと促した。そうすることでようやく、存在すら忘れかけていた己の足が、縺《もつ》れるように動き出す。

ニコラは促《うなが》されるままに、美術室の扉を抜けて、寒々とした廊下へと足を踏み出した。

背中に添えられた手が離れていく間際、アロイスはぽん、と背中を柔らかく叩く。

「――あとで生徒会室に集合ね。今は、お互いに出来ることをしよう」

アロイスはそう小さく耳打ちした。

それは、ニコラにしか聞こえないくらいの、小さな囁《ささや》き声だった。

はっとしたように振り返るも、既に美術室の扉は閉ざされた後だ。反応を返すことも叶《かな》わずに、ニコラは一人廊下に取り残される。

「あ……」

張り詰めた糸が切れて、その場にへたり込んでしまいそうになったニコラの腕を、不意に支える感触がある。緩慢に顔を上げれば、すぐ傍《かたわ》らには見知った顔があった。

「…………シャル」

そういえば、シャルはエマにも隠形の術をかけて、ついて来ようとしていたことを思い出す。

ニコラは途方に暮れた迷子のように、震える声を絞り出した。

「どうしよう、私のせいかもしれない……」

ジークハルトと、アロイスたちの証言がどちらも正しいとすれば、被害者は完全なる密室の中で殺され、そして犯人は煙のように消えたことになる。

だが、それが怪異による仕業であれば、話は別なのだ。

人とは異なる理《ことわり》で存在する怪異であれば、壁も、鍵も、関係がない。

「どうしよう、私が七不思議を放置したから……？　もしも知らないうちに、噂《うわさ》自体が全くの別物に、変容してしまっていたとしたら……？」

ニコラは青褪《あおざ》めながら、うわ言のように自責の言葉を舌に乗せる。文末は情けないくらいに尻窄《しりすぼ》み、掠《かす》れた声が暗闇に落ちる。

シャルは大きく息を吸って吐くと、ニコラの頬《ほお》を、ビタンと両側から容赦なく挟み込んだ。

「分かったから、落ち着け」

もはや両側から叩かれたような衝撃に、目の奥でチカチカと星が散った。混乱に塗り潰されていた思考が、驚きと痛みによって強制的にリセットされて、次第にクリアになっていく。

顔を固定されたことで、強制的に合わせられた視線の先。

弟弟子の瞳が、真っ向からニコラを射抜《いぬ》いた。

「シャキっとしろ、姉弟子。だとしたら、今オレたちがやるべきことは？」

「…………祓《はら》わなきゃ、いけない」

そうだ、落ち着け。ニコラはそう己に言い聞かせる。

もしも噂話《うわさばなし》が、人を殺せる程の怪異に育っているのなら――。その怪異は今この瞬間も、野放しになっているということになってしまう。これ以上死者が出る前に、一刻も早く、祓わなければ。

ニコラは意識して肩の力を抜くと、深々と息を吐き出した。

焦りを強引に抑えつけて蓋をするイメージで、体内の感情を少しずつ均《なら》していく。

「…………ごめん。取り乱した」

「ま、珍しいもの見られたし、いいけどさ」

シャルはそう言って肩を竦めると、軽い調子でひらひらと手を振った。

だが、やがて喝《かつ》でも入れるように、思いっきりニコラの背中を叩く。

「ほら、今ねーちゃんが着替えを取りに行ってるから、まずはその動きにくそうなドレス、着替えようぜ」

言われてようやく、ニコラは自分がドレスを着たままだったことを思い出す。

本当に、よほど動転していたらしい。ニコラは深いため息を吐き出すと、苦笑して首肯するのだった。

3

特別教室が並ぶ四階の、女子トイレ。

七不思議の七つ目、『赤い紙・青い紙』の現場である最奥の個室で、もそもそとドレスを脱ぐ。コルセットの紐《ひも》を解きながら、ニコラは個室の壁越しに質問を投げた。

「ねぇ……学校の怪談を七不思議にしたのは、シャルなんでしょ」

江戸の本所七不思議しかり、都市伝説しかり、学校の怪談しかり。日本において七不思議は、しばしば怪奇談の一形式として語られる。

日本人にとって『不思議』といえば、四つでも六つでもなく『七つ』存在するものだ。そして、取りも直さず、怪談話や不可思議な現象と結びつけがちなものでもある。

一方で、海外にも『世界の七不思議』という概念は、確かに存在する。だがそれは、日本のものとは少々趣が異なる物だった。

前提として、あちらはあくまでもピラミッドや神殿をはじめとした、古代の七つの巨大建造物を指すのだ。そして、ここでいう不思議とは、日本に元々馴染《なじ》み深い『七不思議』を由来とした意訳であって、直訳では『景観』『驚くべきもの』を指す意味である。

日本におけるような、怪談の文脈で語られる七不思議とは、本来全くの別物なのだ。

要するに、日本国外において『七不思議 ＝ 怖い話』という図式は、西洋ベースの世界において、自然に成り立つとは考えにくいのである。

だからこそ、七不思議という怪談話の火付け役は、日本の文化に詳しい人間であるはずだった。

半ば確信を持ったニコラの質問に、シャルは至極《しごく》あっさりと声だけを返す。

「ん？　あーそうそう。オレが流した噂っていうのは、ざっくり言うと『この学院には、七不思議っていう怖い話があるらしいよ。自分が知っているのは、二つ目のドッペルゲンガーの話と、七つ目の赤い紙と青い紙の話だけ。他は知らない』みたいな感じ」

ドッペルゲンガーは、ゼロから育てて使い魔とするため。

赤い紙と青い紙は、シャルとエマが着替えて入れ替わる、この四階トイレの個室から、さりげなく人払いをするため、だったか。

シャルは「んで、わざわざ七不思議にしたのは――――」と言葉を続ける。

「オレが噂を流すことがきっかけで、怖い話が大量に流行したらさ、後始末がめんどーになるじゃん。その点、最初から七つまでだって上限を決めてたら、それ以上は増えないだろ？」

どうやら一応、シャルなりに気を遣った結果ではあったらしい。

が、配慮《はいりょ》の方向性がイマイチ釈然《しゃくぜん》としない。ニコラは大いに眉を顰《ひそ》めた。

「……種だけ蒔《ま》いておいて、その後始末を私に丸投げするつもりだったの？」

「その後始末を、ぜーんぶ丸投げするつもりだったからこその、配慮じゃん。むしろ感謝してほしいくらいなんですけどー？」

「あんたねぇ……」

何とも恩着せがましい言い草に、もはや閉口するほかない。

隣の隣の個室から、同じくドレスを着替えているであろうエマが、くすくす笑う気配がする。

「シャルくんを言い負かすのは、なかなか骨が折れますよう」

全くもって、その通りだった。

ニコラは動きやすい制服に袖《そで》を通しながら、深々と嘆息する。

「本当に、ああ言えばこう言う……」

渋面のまま身だしなみを整え、外套を羽織ってから扉を開ける。

洗面台の前に立って蛇口をひねれば、勢い良く流れ出した水流が指先を叩いた。凍るように冷たくて身体が竦《すく》む心地がする。

だが、ニコラは意を決して冷水を掬《すく》い取ると、顔に叩きつけるように浴びせた。

化粧を落として顔を上げ、ぱちんと両頬を叩いてみれば、ニコラの顔色も幾分かマシに見えるようになる。

じんじんと痛む頬と手のひらに、熱がじわりと灯《とも》って、脳がじんわり覚醒《かくせい》していくようだった。

編み込みを解いて頭を振る。乱れていた髪を手櫛《てぐし》で整えれば、癖のつきにくい髪はすぐ元通りになった。髪を飾っていた青いミニチュアローズは、水を湛《たた》えた洗面台にそっと浸《ひた》す。

きっと、透明な水を吸ってしまえば、すぐに花弁は白色へ戻ってしまうだろうけれど。

それでも、枯らしてしまう方がずっと嫌だと思うから、これでいい。

ニコラは呼吸を整えると、静かに顔を上げた。

惑《まど》うな。動揺するだけ時間の無駄だ。背筋を伸ばして顔を上げ、いっそ堂々と歩くのだ。

状況に怖気《おじけ》づいてなどやるものか。

「……行きましょう」

まずは、放置した噂話の行方《ゆくえ》を確かめるところから。

ニコラは自分に、シャルは己とエマにそれぞれ隠形の術をかける。

やがて、置いていた手燭を持ち上げると、足早に四階の廊下へと足を踏み出した。

◇

「そういえば、寮ってまだ鍵が締め切られているはずなんじゃ……？　よく、着替えを取って来られましたね？」

特別教室が並ぶ四階の廊下からは、まだ煌々《こうこう》と明かりを灯している講堂の様子が見下ろせる。

微かに音楽も聞こえてくるあたり、一般生徒に情報は伏せたまま、ダンスパーティーは続いているようだった。当然、寮の鍵も施錠されたままのはずである。

ニコラの疑問に、シャルとエマは顔を見合わせて笑い出した。

「いや、それがさぁ。お前の使い魔、超優秀なの」

「すごいんですよう、ジェミニさん」

「え、ジェミニが……？」

思わず目を瞬いていると、喚《よ》ばれたと思ったのか、黒い塊が懐《ふところ》に飛び込んできた。

慌てて両手で受け止めれば、ジェミニは手のひらの上でふよんと浮かび上がり――。

ぽんっとアンティークな鍵束に姿を変えて、ニコラの手の上に落下する。

「まって、こんなことも出来るの？　いや、よくよく考えれば、理論上は可能かもしれないけど……。いや、まあ可能だよね、うん。盲点《もうてん》だった……」

言われてみれば、人間の人格から姿形まで完全にコピー出来るのが、ドッペルゲンガーである。

少し冷静になれば、そりゃあ生き物をコピーするより無生物をコピーする方が、遥《はる》かに簡単に決まっている。

「オレら、ドッペルゲンガーっていう先入観に引っ張られすぎてたよなー」

Doppelgänger——意味は、『全く同じ姿をした、歩く者』だ。

確かにシャルの言う通り、定義に引っ張られすぎて、可能性を見落としてしまっていたのかもしれなかった。

「もしかしてジェミニって、ものすんごいチート級の使い魔だった……？」

「それに、ものすごくご主人想《おも》いの良い子ですよー」

ニコラが愕然《がくぜん》と呟けば、エマは我が事のように胸を張ってそう言った。

曰《いわ》く、美術室で半《なか》ばパニックに陥っていたニコラに対し、ジェミニは必死に寄り添おうとしていたらしい。だがその時のニコラは、ジェミニの姿さえ目に入らない程に取り乱していた。

そこでジェミニはシャルとエマの方に縋《すが》りつき、自分から鍵束に姿を変えたのだという。

「ニコラさんのために何が出来るか、自分で考えようとしたんだと思いますよう」

エマの柔らかな物言いに、ニコラの頬が、じわりと熱くなる。胸が熱くなったからだろう。

「……ありがとう、ジェミニ。さっきは気付かなくてごめんね」

手のひらに囁けば、ジェミニはいつもの黒い球体に戻って誇らしげに跳ねた。

それからぽわっと浮かび上がって、いつもの定位置——ニコラの肩の上に着地する。

「んじゃ、和《なご》んだところでサクッといこうぜ。で、早速どこから攻める？」

シャルに問われて、ニコラは脳内にアロイスの手書きのメモを思い浮かべた。確か、順番は以下の通りだったはずだ。

・音楽室を這《は》い回る手首
・校内を徘徊《はいかい》するドッペルゲンガー
・辺りを染め上げる人魂《ひとだま》
・ポルターガイスト
・西塔から飛び降り続ける女子生徒
・引き摺《ず》り込まれる大鏡
・赤い紙・青い紙

ジェミニがいることで、どんな部屋にも自由に入ることが出来るのは大きい。

現在位置が、特別教室が並ぶ四階の廊下であることを鑑《かんが》みれば、やはり順番通りに巡るのが良いだろう。

「音楽室からにしよう。個人的に、アレをあんまり後回しにはしたくない」

──曰く、かつて音楽室で、演奏中にピアノの鍵盤蓋が落ち、手首を切断してしまった生徒がいるのだという。そして、切断された手首が今も音楽室を這い回っているらしい、だとか。

そんな噂の調査報告を思い出して、ニコラはげんなりと顔を歪《ゆが》めながら、歩き出した。

ギィイイイイ、と蝶番《ちょうつがい》が軋《きし》む音が響く。

隠形の術を使用してはいるものの、だからこそ周囲を確認しながら、素早く身を滑らせれば、音楽室に侵入することは難なく出来た。

三人分の手燭の炎に照らし出される、静まり返った室内。

辺りを見渡せば、一ヶ月前に訪れた時のように、グランドピアノやバイオリン、打楽器などの楽器たちがひっそりと置かれている。

何かが這い回る音は、今のところない。だが、息を殺していれば、やはり聞こえる、ボト、ボト、と、重みのあるものが床に落ちる、鈍い音。

七不思議の元ネタのストーリーを思えば、手首が落ちるのは当然、グランドピアノの鍵盤の下だろう。見れば、やはり生気の感じられない土気色の手首がふたつ。弾《はじ》けた柘榴《ざくろ》みたいにぐちゃぐちゃの断面を晒《さら》しながら、力無く落ちている。

隣でエマが息を呑み、身を竦ませるのが分かった。その拍子に、エマのヒールが床と擦れ、かつんと硬質な音を辺りに響かせる。その刹那。

手首は、五指を人間の骨格ではありえない可動域でぐりんと捻《ね》じ曲げて、勢いよく床を這い始めるから怖気《おぞけ》が走る。

動くと分かっていてなお「ひぇっ」と声を上げてしまうのは、恐怖というよりも生理的嫌悪によるものなのだから、もう仕方がない。

「はは、キッショ。でもこういうの、日本のヤツと違ってさ、ガッツがあっていいと思う。オレ的には、髪の毛巻きつけてくる系の方が生理的にムリ」

「そこまで言うならここは任せた……！」

呑気《のんき》に持論を述べる弟弟子に、ニコラは反射的に叫んでいた。

ちなみにいうと、ニコラは髪の毛の方が断然マシである。後はもうエマと身を寄せ合い、「頼むからこっちに来てくれるなよ」と息を潜めるばかりだった。

シャルはといえば、手首の一つをスパコーンと蹴り飛ばして、壁に跳ね返ったソレをさらに容赦《ようしゃ》なく踏み潰す。

すると、手首その一は、それこそ熟《う》れすぎた柘榴のようにぐしゃりと潰れた。やがて、血溜《ちだ》まりや血飛沫《ちしぶき》さえ残さずに、呆気《あっけ》なく消滅する。

すると、残ったもう一つの手首は恐慌《きょうこう》状態に陥ったのだろう。余計に指をしっちゃかめっちゃかに動かして、猛スピードで這い回る。そうなると、今度はシャルの蹴りも空振るようになってしまう。

これは少々時間がかかりそうだと、ニコラは壁に背を預けて嘆息した。

ビチビチと跳ね回ってシャルの足を躱《かわ》す様は、陸に打ち上げられた魚のようだが、角度によっては赤黒い断面と白いもの（おそらくは骨だろう）が目に入って、げんなりしてしまう。

グロ系、虫系、ノーセンキュー。

「……あれが視《み》えないっていうのは、幸せなことですよねえ」

肩の上で手首を威嚇するジェミニを宥《なだ》めていれば、エマが苦笑気味にそう呟く。

ニコラは万感の思いを込めて「本当に……」と同意の言葉を重ねた。

噂をすれば影が立つ。影が立てば実となる。

噂がこれほどまでに形を得てしまったのならば、時間帯やその日のコンディション、波長などが合えば、霊感などを持っていなくても『足首を触られたような気がする』というような経験は得られるかもしれない。だが、逆に言えば、所詮《しょせん》はその程度なのだ。

特に学校の怪談の類《たぐい》は、学校内という非常に限定的な範囲の中で、かつ、学校関係者という限られた人間たちが語るだけで、存在を足らしめるのに十分なのである。

要するに、発現の達成条件は都市伝説などよりよほど容易《たやす》く、その一方で、学内というごくごく少数の人間の、認知と言霊《ことだま》に依存した存在。

つまり、像を結びやすい割に、存在そのものは随分と脆弱《ぜいじゃく》なのだ。だからこそ、何も視えない人が受ける影響は、高が知れているともいえた。だが、その一方で。

像を結びやすいという性質は、どちらかというと、視えてしまう人間の方にこそ牙を向くものなのだ。前世において、ニコラとシャルが学校に通うことを断念した理由は、そのあたりにあった。

たとえば音楽室に、カサカサと猛スピードで這い回る手首が巣食《すく》っていたとして。

その手首が自分の足首を摑《つか》んでも、身体をわさわさと這い上がって来たとしても、何食わぬ顔でスルーしなければ、周囲からは浮いてしまうのだ。

校庭を爆走する二宮金次郎（概念）にも、全力疾走で追いかけてくる人体模型（概念）にも、けたたましく笑い続けるベートーヴェンの肖像画（概念）にも、眉ひとつ動かしてはならないのだ。

スルーし続けるのもストレスだが、スルーし損《そこ》ねた結果は「変なやつ」として遠巻きに扱われる。

どちらに転んでもストレスなら、通信教育を受けた方がよほどマシだったというわけだ。

祓い屋として一人前になった今となっては、普通の人に対する誤魔化《ごまか》し方も堂に入ったもの。けれど、半人前で未熟だった頃には、それなりの苦労もあったのである。――閑話休題。

ダンッ！と床を踏み締める音が、音楽室に響き渡る。

意識を引き戻せば、ちょうど弟弟子の足元で、ひしゃげた手首が形を保てなくなったように、暗がりへ溶けていくところだった。どうやらやっと、祓い終わったらしい。

何とも雑な脳筋殺法だとは思うものの、あれだけちょこまかと動き回られると、最適解だったのかもしれなかった。何はともあれ、音楽室を這い回る手首、ご臨終《りんじゅう》である。

エマ共々、ニコラは引き攣った表情筋を、ほっと緩めた。

「っだー、無駄に疲れたんだけど！　とりあえず次だ、次。どこ行く？」

肩をぐるぐる回しながら、シャルはニコラを振り返った。

順番通りに行くとするならば、二つ目は育成中のドッペルゲンガーだろう。とはいえ、これに関しては出没場所が不確定でもある。

ニコラは大して迷うことなく、口を開いた。

「辺りを染め上げる人魂《ひとだま》と、ポルターガイスト。……一階の女子トイレを確認しに行こう」

――曰く、一階の女子トイレには夜中、辺りを照らす人魂が彷徨っていて、夜な夜なポルターガイストが何かを割るような音を響かせている。それを実際に目撃した生徒がいるらしい、だとか。

「へいへい、りょーかい」

「じゃあ、音楽室前の階段から降りましょうか」

「そうしましょう」

エマの提案に頷いて、音楽室の戸を薄く開ける。廊下に誰もいないのを確認して、三人はそそくさと音楽室を後にした。

4

ニコラはシャルの持っていた手燭を受け取り、手燭を両手に階段を降りる。

その後ろで、シャルがエマの手を引いて、心なしかゆっくりと後に続いた。

確か、エマの目はアロイスを庇《かば》って負った傷が元で、後天的に悪くなってしまったらしい。ニコラは二人に歩調を合わせながら、ちらりと横目にエマの容姿を見遣った。

豊かなミルクティー色の髪に、オリーブ色の瞳。要するに、金色系統の髪に、緑系統の瞳だ。

このカラーリングの組み合わせは、どことなくアロイスを彷彿《ほうふつ》とさせるものでもあった。

エマが奉公に出たのは、まだ十にも満たない頃合《ころあい》だったとも聞く。貧民街の子どもを積極的に雇う事情を推察するに、恐らくは影武者的な役割でも担っていたのだろう。

「……なぁなぁ、お前はなんで最初、七不思議を一回放置したワケ？」

ふと思い出したように、弟弟子の声が背中に投げ掛けられる。

ニコラは振り返ることなく言葉を返した。

「何というか……まだ、罔両《もうりょう》としてたんだ」

「もうりょう？」

「って、魑魅魍魎《ちみもうりょう》のか？」

よく似た二人の声が、綺麗《きれい》に重なって聞こえる。

片や、言葉の意味が分からずに、片や意味を理解した上で怪訝《けげん》そうに、それでも二人揃《そろ》って首を傾げているのだろう。ニコラは小さく苦笑して、エマの方を振り返った。

「ほら。陰影のふちって、薄らぼんやりとしているでしょう。他の七不思議は、まだそういう漠然とした状態だったんです。音楽室の手首は生理的に無理で、後回しにしたんですけど、それ以外はまだ、形を保てないような段階だったから……その時は、放置しました」

厳密に言えば、七つ目の『赤い紙・青い紙』に関しては、靄《もや》以前に跡形もなかったのだが。それに関しては弟弟子が定期的に祓っていたようなので、わざわざ補足する必要もないだろう。

それでも音楽室の手首のように、しっかり形を得た段階であってさえ。

普通の人であれば、余程の好条件が重ならなければ、知覚できないような、脆弱な怪異なのだ。

ニコラの目を通してさえ、不明瞭《ふめいりょう》な段階であったからこそ、放置しても問題ないと判断した。

「……え、でもそれってつまり、音楽室の手首の噂だけ、他とは違って猛スピードで成長してたってことだろ？　なんで？」

「知らないよ。でも、一ヶ月前はそんな感じだった」

そんな会話を交わしているうちに、三人は一階に辿《たど》り着いていた。

女子トイレは階段の目と鼻の先で、耳を澄ませてみても、特に不審な音は聞こえてこない。そろりと扉を押し開け、顔を覗かせれば、トイレ特有の仄《ほの》かな臭気が三人を出迎えた。それぞれ手燭を掲げて足を踏み入れ、やがて三人は微妙な表情で顔を見合わせた。

「アー……これは確かに、放置したくなるのも分かるわ……」

「ちょーっと煙たいくらい、というか……。あんまり害はなさそうですねえ」

「……やっぱり、一ヶ月前とそう大差はないんだよな」

以前ニコラが一人で訪れた時より多少、霞《かすみ》は濃くなっているものの、やはり実体を成せるほどには至っていない。辺りを染め上げて照らせるほどにも、騒音を出せるほどにも、育ってはいないのだ。これでは普通の人にはおろか、視える人間に対してさえ、影響を及ぼせるはずもない。

「えー、これどうする？　この状態で祓っても、キリがなくね？」

煙《けむ》たい空間で闇雲に手を振っても、靄《もや》や煙に対して効果は薄いように。

この段階で祓うというのは、却《かえ》って手間になるのだ。どうせならやはり、音楽室の手首ぐらいまで凝固して一纏《ひとまと》めになってもらった方が、手っ取り早く祓いやすい。

「……もう少し、放置しようか」

結局ニコラが下したのは、ひと月前と大差ない結論だった。

その後、五つ目の〝西塔から飛び降り続ける女子生徒〟を巡るも、やはり結果は大して変わりなく。

多少靄が濃くなった程度の違いしかなく、完全なる空振りといえた。

六つ目の〝引き摺り込まれる大鏡〟までもが似たような有様で、さすがのニコラも途方に暮れるしかない。三人はアロイスたちと合流するため、生徒会室を目指してのろのろと足を動かし始めた。

そうして無言の中、三人でただ足を動かすだけの時間が過ぎること暫《しばら》く。

三人分の重たい足取りに、いつしか四人目の微かな足音が混じり始める。

ちらりと背後を見遣れば、人影未満の薄い霞が着いて来ているようだった。多分これが七不思議の二つ目、育成中のドッペルゲンガーなのだろうと当たりを付ける。

シャルはといえば、こちらも肩越しに背後を一瞥すると、すぐに興味を失ったように嘆息した。それから「まだ収穫するには程遠いんだよなー」と残念そうにぼやく。

ジェミニはその『収穫』という表現が気に食わなかったらしく、シャルの肩へと飛び乗るや否や、ウニのように突起を生やしてぐさぐさとシャルを突き刺した。

どうやら未来の弟分の代わりに、抗議してやっているつもりらしい。

「いてっ、ちょ、待って待って、いたっ、あぁもう悪かったよ！」

シャルがそう言って謝ると、ジェミニは満足したらしい。棘《とげ》を引っ込めたジェミニはふよふよと飛んで、ぽすんとニコラの肩に着地した。

だが、そうした茶番もひとしきり収まると、会話は途切れ、気まずい沈黙が辺りに満ちる。この先のことを考えて沈みそうになる表情を、ニコラはどうにか律した。

それでも、いくら現実逃避をしようとも、残る話題は一つしかないのだ。

やがて、エマが苦笑気味に口火を切った。

「うーん。ニコラさんの仮説だと、ニコラさんが放置している間に、噂が全くの別物に変わってしまったのではないか……ということでしたよね？」

「……ええ、そうです。放置している間に、噂の内容が変わったり、混ざり合ったりしていたら、と。でも、少なくとも噂の所在地は変わっていないし、害を成せるほどに育ってもいない……」

一つ一つは脆弱な怪異でも、それぞれの要素が混じり合った、全く別の怪物になっていたとしたら。そう考えていたのだ。だがこの様子を見るに、七不思議の怪はそれぞれ独立している上に、そのほとんどが形を得る以前の段階だった。これでは到底、人など殺せるはずもない。

とはいえ、ニコラが学内で泳がせていた怪異は、この七不思議の他にはない。

人を殺せるほど凶悪な怪異が他に潜《ひそ》んでいたとして、それに自分や弟弟子が揃って気付かないとも、考えにくかった。

だが、密室の中で人を殺した存在が、怪異ではないのなら。

存在Xは密室から、どうやって忽然《こつぜん》と消えたというのだろう。

無言で考え込むニコラの傍《かたわ》らで、シャルもまた眉間にしわを寄せて首を捻《ひね》る。

「それにしてもさ。どうしてこう、育ち具合に明確なバラつきがあんのかね？」

確かにその疑問は尤《もっと》もだった。他と比べて、音楽室の手首だけ育ち過ぎているのである。

エマも同意するように、「そうなんですよねえ」と頷いた。

「これで引き摺り込まれる大鏡も、音楽室の手首と同じくらいに育っていれば、理由は分かるんですけどねえ……。だって昔からある噂は、音楽室の手首と、引き摺り込まれる大鏡だけですから」

「「……え？」」

エマの言葉に、ニコラは思わず目を瞬く。シャルの方を見遣れば、こちらもニコラと似たり寄ったりの有様で、きょとんとした表情を浮かべていた。

エマはといえば、戸惑《とまど》ったように首を傾げると、やがて合点《がてん》がいったように、ぽんっと手を打った。それから「シャルくんとニコラさんは、昔の噂を知らないですもんね」と納得したように呟く。

「ニコラさん。実はエマさん、去年までこの学院に在籍していたんですよー」

「え、そうなんですか？」

「ええ。シャルくんと違って、エマさんは両親ともに労働者階級ですから、本当は学院に通う資格がないんですけど……。アロイス殿下のお世話のついでに、私も去年まで、学院に在学させてもらっていたんですよ」

初耳の話に、ニコラはさらに目を丸くする。

だが、エマの名誉の負傷を思えば、学を与えるのも王宮なりの温情《おんじょう》、或《あ》いは恩賞のようなものだったのかもしれない。そう思えば、意外とすんなり納得できた。

「それで、エマさんも目を悪くしてからは、色々なモノを感知するようになってしまったので……。在学中は危ない場所に近付かないように、怖い話の類《たぐい》は積極的に収集していたんです。だから、去年までの噂話については把握しているんですよ」

なるほど。だから『昔からある噂は、音楽室の手首と、引き摺り込まれる大鏡だけ』と言う話に繋がるのかと頷いた。だがその文脈では、まるで――。

ニコラが疑問を口にするより早く、シャルが食い気味にエマを振り仰いだ。

「待ってよ。じゃあ、ねーちゃんが在学してた頃は、別の『学校の怪談』があったってこと?」

「ええ。もちろん『不思議』という形式でもなければ、『七つ』でもありませんでしたけど、いくつか……。それこそ、今いるこの階段も」

エマは眉尻を下げると、上階に続く階段を指差した。

そこは、教室棟から離れた、奥まった場所に位置する階段である。

踊り場には、この世界の神話をモチーフにしたステンドグラスが飾られているはずだが、夜という事もあり、おまけに外は吹雪ともなれば、色も暗く沈んではっきりとは判別できない。

「――一段増える大階段。たしか、存在しないはずの十三段目を踏んでしまうと、不幸なことが起こるのだとか」

エマが小首を傾げながら諳《そら》んじる内容は、和洋を問わず、よく耳にする類のものだった。十三を不吉とするあたり、本当によくある話だ。

十三という数字を忌《い》み数とする要因は、『宗教的な要因』説や『非調和な数』説など諸説ある。

宗教的要因であれば、たとえばキリスト教において、イエスの最後の晩餐《ばんさん》に際し、十三番目に席に着いたのが裏切り者のユダだった、など。

非調和な数説であれば、たとえば十二ヶ月、十二時間(時計一周)など、六十進法が採用される文化圏において、十二の次で素数となる十三は調和を乱すから、などがある。

だが、この世界が独自の多神教を掲《かか》げていることを思えば、後者だろうなと独《ひと》りごちた。

シャルは真剣な表情で「ねーちゃん、他はどんな怪談だった?」と続きを促す。

「あとは……そう。あかずの間です。たしか、講堂のどこかに鍵の壊れた控え室があって、その扉を開けてしまえば、閉じ込められて二度と出てくることは出来ない、だったかと……。あとは、学長室の鉄鎧《よろい》ですね。中身は空っぽなのに、何故か動くらしいですよー」

シャルはさらに「他は？」と問うが、エマはゆるゆると首を振った。

「エマさんが知っている、去年までの怖い話は、『音楽室の手首』『引き摺り込まれる大鏡』『一段増える大階段』『講堂のあかずの間』『学長室の鉄鎧』の五つでしたよー。なにせ去年までは、〝七不思議〟という形式ではありませんでしたから……」

「そう、なんですか……」

ニコラはあごに指を当てて考え込む。

シャルが今年初めて、意図を持って『七つ』の『不思議』という形式で流布《るふ》したのだから、前年までの怪談話が五つであること自体は、何ら問題はない。

それでも、ニコラは弟弟子を振り仰いで意見を求めた。

「ねぇ、どう思う？」

「どうって……そりゃあ妙だろ。だってオレ、そのために他を空白にしたんだし」

弟弟子が流した噂は、次のようなものだったはずだ。

――この学院には、七不思議っていう怖い話があるらしい。自分が知っているのは、二つ目のドッペルゲンガーの話と、七つ目の赤い紙と青い紙の話だけ。他は知らない。

もしも自分が弟弟子と同じように、敢《あ》えて怪談話を流布するとして。

やはりニコラも、同じように他を空白にしたことだろう。下手に怪談話が大流行して、際限なく増えられても困るからだ。

後処理のことを考えて、上限の数字を設け、空白の部分は、元から存在した怪談話が埋めてくれるであろうと期待する。なのに蓋を開けてみれば、空白を埋めたのはほとんどが既存の怪談ではなかったというのだから、妙な話だった。

顔を見合わせるニコラとシャルに、エマは困惑したように首を傾げる。

「でも、こういう学校の怖い話って、頻繁《ひんぱん》に移り変わるものじゃないんですか？」

「それが、案外そうでもねーんだよなぁ……」

そう、意外と入れ替わらないのが、学校の怪談なのだ。

頭を掻《か》いて難しい顔をするシャルに、ニコラも追従《ついじゅう》するように頷いた。

何故なら、メディア社会でもない限り、こういった類の話は親兄姉からの口承によって伝承されるのだ。もちろん多少オーバーに話して聞かせたり、うろ覚えだったりすることで、若干の誤差は生じるだろう。それでも噂が流行すればするほどに、

『その話、自分はこう聞いたけど？』

『自分もこう聞いたよ』

『じゃあ、自分の覚え違いだったのかも』

といった具合に、誤謬《ごびゅう》はすぐに淘汰《とうた》されていくのだ。結果、大元に大差ない内容に収束され、同じ怪談が延々と語り継がれることになる、そのはずなのだが――。

「空白にした五つの不思議のうち、三つも新規エピソードが占めてるのは流石《さすが》になぁ……？」

シャルは片手に手燭を持ったまま、器用にも腕を組んで首を傾げる。

エマはそんな弟を横目に、困ったように頬に片手を当てた。

「それに、育ち具合のばらつきという点では、やっぱり疑問が残りますよね？　古くからある噂だから、他よりも育っているというのであれば……。引き摺り込まれる大鏡も、音楽室の手首と同じくらいに育っていないとおかしいでしょうし」

エマの指摘は尤《もっと》もだった。ただ、これに関しては、ニコラには少々思い当たる節がある。

ニコラは気まずげに頬を掻いた。

「鏡と手首の、育ち具合のばらつきに関しては……多分、原因は私です。鏡に関しては、三ヶ月くらい前に、私が祓ってしまったので……」

階段の踊り場の、大鏡。いつぞやにジークハルトを引き摺り込んだ、あの鏡である。

言われてみれば、あの鏡は音楽室の手首と同等に、しっかり怪異と化していたことを思い出す。

おそらくあの一件で、長年の噂の蓄積は一度リセットされてしまったのだろう。だからこそ、他の新しい噂話と共に、成長の足並みを揃えることになったに違いない。

ついでにいえば、『西塔から飛び降り続ける女子生徒』に関しても、ニコラには思い当たる節があった。この噂に関しては、出どころがはっきりしている。エルザだ。

シャルが、七つの不思議として流布するよりも先に『西塔から飛び降り続ける女子生徒』が流行《はや》っていたのだから、後から流布された七不思議の空白を埋めるのは、理解はできた。

弟弟子もまた別口で思い至る節があったのか「あー、オレもそういえば」と呟く。

「この大階段、生意気にも足を引っ掛けてこようとしたからさぁ。オレも入学早々に祓ったんだったわ」

どうやら知らず知らずのうちに『引き摺り込まれる大鏡』『一段増える大階段』と、旧版の怪談話をそれぞれ一つずつ祓っていたらしい。

残る噂は『講堂のあかずの間』と『学長室の鉄鎧』の二つだが、これに関してはもはや七不思議の圏外になっている。いずれは完全に忘れ去られるだろう。

何より、自分たちが頻繁に訪れるような場所ではないのだから、実害を被るわけでもない。アレらにとっては、認知が存在の糧であるし、忘れ去られてしまえば、直《じき》に形も保てなくなるだろう。新しい七不思議以上に、放置しても問題はなさそうだった。

ニコラがそう結論づけたあたりで、シャルが吐息と共に呟いた。

「……んで？　オレやお前の過失のせいで、人が死んだわけじゃなさそうなのは分かったけどさ。それはそれとして、振り出しに戻ったわけじゃん？　こっからどーすんの？」

シャルは階段の手すりに背中を預けると、ニコラを試すような眼差《まなざ》しで問いかける。

確かにシャルの言う通り、現状、振り出しに戻っただけで、何も進展してはいないのだ。

「どう、って……。ひとまず、殿下たちと合流して——」

「そうじゃなくてさ」

シャルは手すりから身を起こして、がしがしと自分の後頭部を掻き回した。

「もしもこのまま、お前の婚約者さんが処刑なんてことになったら、お前はどーすんのってこと」

「え、ちょっと待ってよ、処刑……？」

シャルの口から飛び出た予想外の単語に、ニコラはぽかんとシャルを見つめた。

「いやいやいや、まさか一人殺したくらいで極刑《きょっけい》なんて、そんな大げさな……」

どうにか表情筋を動かして笑ってみせるものの、エマとシャルは顔を見合わせて眉を寄せた。

ニコラはそこでようやく、二人から戸惑いの視線が注がれていることに気が付く。

やがて、いまいち噛み合わない空気を察してか、エマが眉尻を下げてニコラの言葉を否定した。

エマは「処刑……或いは幽閉、のちの毒杯か……そうなる可能性は、あると思いますよ」と、非常に言いづらそうに口にした。

シャルは「あー、お前の今世、生まれた時から貴族なんだっけ。だから実感ねーのかな」と顔を覆う。

「……貧民街じゃ、定期的に子どもが消えんだよね。攫《さら》われたり、やたらと報酬の良すぎる仕事に釣られてさ、貴族の屋敷に消えてくの。でもって、半分くらいは幽霊になって戻ってきたよ」

シャルはどこか遠い目で、しみじみと呟く。

「けどさ、貧民街のガキが消えようと、大ごとにはなんねーし、そういう人道的にアレな貴族が罰《ば》せられたって話も、あんま聞かないんだよ」

淡々と語るシャルに、エマもまた痛ましげに目を伏せた。

ニコラはそれを、どこか、別世界の出来事のように眺めている。

染み付いた自分の常識と噛み合わず、理解が届かなかった。思考が上滑《うわすべ》りするばかりで、弟弟子の一言一言を咀嚼《そしゃく》するのに精一杯なのだ。

「問題になるのは、どんな身分の人間が、どんな身分の人間を殺したかってこと。それが、身分制社会ってやつなんだよ……お前は多分、そこを本質的には理解できてねーんだと思う」

ある程度の人権が保障されている、貴族階級の中で生まれ育つことが出来たからこそ。お前はまだ、前世の常識を引き摺ってるんだ、とシャルは言う。

それから、シャルはニコラの眉間《みけん》をトンと人差し指で小突いた。

「もう一回言うぜ。この世界で重要なのは、どんな身分の人間が、どんな身分の人間を殺したか、だ。どんな生い立ちの人間が、どんな動機で、何人を、どんな方法で殺したか、なんていう現代日本の量刑基準は、通用しないと思った方がいい」

ただ、一人の人間が殺されたのではない。隣国の王族が、この国の貴族に殺されたように見える、その構図。命の重さが平等ではない社会において、天秤《てんびん》が傾くのは、一体どちらか。

ようやく理解が及んだその瞬間、ニコラは喉が張り付いたような感覚を覚えた。

さっと血の気が引いて、手足から力が抜ける。震えた吐息をどうにか吸い込んで、ニコラは乾いた喉を動かした。

「本当に、あの人が処刑されるかも、しれないの……？」

不安や恐れが、身体中を血よりも速く巡っていく。唇が戦慄《わなな》いて、心臓が痛いくらい早鐘《はやがね》を打った。筋組織が錆《さ》び付いたように、身体が軋むような心地がする。思考回路は千々に乱れ、平衡《へいこう》感覚がなくなりそうだ。

情けなく狼狽《うろた》えるニコラを見て、シャルはふっと仕方がなさそうに笑った。

「だぁから、聞いてんだよ。こっからどうすんのって。もしも、お前があの人を連れて逃げるっていうなら、オレは手伝うぜ」

「なん、で、そんな」

現状、幼馴染《おさななじみ》が無実である証拠を、ニコラはシャルに提示できないというのに、シャルはきっぱりとそう言い切る。茫然《ぼうぜん》と呟くニコラに、シャルは苦笑した。

「そりゃ、なんで舞踏会を抜け出して、美術準備室なんかにいたんだよ、とか。色々気になることはあるけどさ。それでも、身内《おまえ》が信じる人間なら、オレは無条件に信じられるよ」

人間なんて、自分が信じたいものを信じるもんだろ？　そう言って、弟弟子はにっと口端を持ち上げた。それから、ニコラの頭をわしゃわしゃと乱暴に掻き乱す。

「大丈夫ですよう」

肩にそっと、自分のものではない手のひらの温度が乗る。

隣を見れば、エマもまた小さく微笑《ほほえ》んでいた。

「おどかすようなことを言っちゃいましたけど、まだ、処刑が確定になったわけではありませんから、ね？　それに、ちゃんと情報を集めれば、それだって覆《くつがえ》せるかもしれません。アロイス殿下も、エルンくんも、諦めずに解決策を探していると思うんです。だから、まずはみんなで合流して、対策を考えましょう」

エマの声は柔らかく、触れた温度は温かかった。ね、と優しく促されれば、不安と焦燥で絡まった感情の糸がするりと解けていく。

思考がまとまってきたことを自覚して、ニコラは目を閉じて息を吸った。きゅっと口を引き結び、小さく顎を引けば、思考が切り替わる。

エマの言う通り、まだ刑は確定していないし、処刑が確定したから何だというのだ。

その時はシャルが言うように、一緒に逃げてしまえばいい。そう思えば、燻《くすぶ》る不安や怯《おび》えだって抑え込めた。

「もう大丈夫です。それから……ありがとうございます」

現状は正しく理解した。自分がどうしたいのか。心の在処《ありか》だって、もうはっきりと分かっている。

歩き出そうとすれば、もう足は竦まなかった。

◆◆◆

エルマは青いかおをして、
荷物をまとめて出ていくそうです。
どうしてなのか、わたしと目をあわせては、くれません。
あーあ。エルマのこと、すきだったのに。
とても、とても、ざんねんです。

ばいばい。
ばいばい。

——さようなら。

ニコラのちょこっと
オカルト講座⑩

【七不思議】

江戸の本所七不思議、都市伝説、学校の怪談etc...

日本において七不思議は、説明の付かない不可思議な現象や、怪奇譚の一種として語られます。日本において、不思議といえば、四つでも六つでもなく七つあるもの。学校の七不思議はといえば、無条件に怖い話を連想しますよね。けれど、七不思議に対してオカルトチックな印象を持っているのは、実は日本人だけなのです。

あれ、『世界の七不思議』って聞いたことあるぞ？と思われた方も、いるかもしれません。

確かに海外にも『世界の七不思議』という概念は存在します。古代ギリシャの数学者が述べた、古代の七つの巨大建造物のことですね。

ただし、この不思議。ギリシャ語の原義では、『眺めるべきもの』という直訳になります。それが、たまたま七つ存在したために、日本では『世界の七不思議』という誤訳で定着してしまったみたいです。

四章――錯綜ハウダニット

1

「はぁ？　ストーカー気質の女に呼び出されて、それに応じた結果が、あの状況⁉」

シャルの素《す》っ頓狂《とんきょう》な声が、卓上の蠟燭《ろうそく》の炎を揺らす。ところ変わって、生徒会室。

マホガニーの長机を囲むのは、アロイス、エルンスト、ニコラ、シャル、エマの五人だ。

校舎は寮とは違い、夜間使用をあまり想定されていない。あたりを照らすのは、暖炉に焚《く》べられた焰《ほのお》と、机上に置いた手燭《てしょく》の炎だけだ。

その仄暗《ほのぐら》い空間の中、オレンジの光に照らされた五人の顔色は、一様に複雑なものであった。

ニコラは頭痛を堪《こら》えるように、額に手を置いて項垂《うなだ》れる。

「……そんなところだろうなと、思ってました」

呻《うめ》くようにそう零《こぼ》せば、シャルがぎょっとしたように身を乗り出してニコラを見遣《みや》る。

「いやいや待って？　なんでお前もちょっと理解ある感じなの、おかしくない？　ストーカー相手に呼び出されたんなら、普通は自分が刺されるかもとか、警戒するもんじゃないの⁉　なんで一人で呼び出しに応じちゃってんの……!?」

思わずといった風に叫ぶシャルに、ニコラは苦々しい面持ちで眉を寄せる。

「いや、むしろ……それが狙いだったんだと思う。敢《あ》えて軽く受傷してから制圧して、然《しか》るべき機関に引き渡す、っていう……。あの人が最終手段として、時々使う手なんだよ」

美形というものは、性格が良ければ二倍いい人に見えるが、性格が悪ければ十倍いけすかない人間として受け取られてしまうもの。そんな、嫌われることさえも命取りなジークハルトにとっての処世術。

それは、誰に対しても徹底的に、平等に。全方位に等価の愛想《あいそ》を振り撒《ま》き、分け隔てなく、誰も彼もを特別扱いせずに対応することだ。

もちろん一部の例外はあるが、その例外を除けば、いつだって一定の距離を保って、けれど温和に立ち回る。そうして、ジークハルトは『嫌われないこと』と『好かれ過ぎないこと』を、器用にも両立させてきたのだ。——しかし、だからこそ。

幼馴染《おさななじみ》の処世術は、ある種の人間を炙《あぶ》り出す篩《ふるい》としても機能した。

まともな人間であれば、客観的な視点を取り入れる理性がある。だからこそ他と比較することで、自分の受け取った親切が『誰に対しても普遍《ふへん》的な優しさ』なのだと、自《おの》ずと理解できるものだ。

だが残念なことに、それを捻《ね》じ曲げて、都合よく曲解《きょっかい》できてしまう手合いも、確かに存在するから厄介だった。

彼女たちにとって、自分に向けられた『普遍的な優しさ』は、全て『自分に対する特別な優しさ』

として解釈される。

けれどその一方で、客観性に欠けた個人の妄想は、いつまでも無限には肥大できないのだ。膨らんだ妄想と、現実との乖離《かいり》が限界に達した時。その反応は、主にふたつに分かれる。

『相手を殺して自分も死ぬ』か『自分を裏切った相手に制裁《せいさい》を』だ。

けれど行き着く先は、いずれも執着相手への加害である。そうやって道を踏み外した人間を、ニコラは何度か見たことがあった。

『肉を斬《き》らせて骨を断《た》つ』それは、ジークハルトがそういった手合いを相手取る時の、最終手段だった。それを、ニコラはある種、合理的だとも思っている。

敢《あ》えて受傷することで、彼女たちを檻《おり》の中へ送り込むことを、ニコラは悪いと思わない。

何故なら、対話では一生平行線のままなのだ。

明確にＮＯを突きつけたとしても、相手は『それは自分に遠慮《えんりょ》しているからだ』『可哀想に、誰かに無理やり言わされているに違いない』と信じて疑わない。

そのくせ、現実を受け入れられなくなった途端に、凶行に走ろうというのだ。そういう手合いの人間は、物理的に隔離するほかに対策はない。ジークハルトの対処法は、決して善なるものではないが、やむを得ない手段ではあった。

ニコラとしては、ジークハルトの行動の目的も、その発想に至る過程も、理解は出来るのだ。

けれど、こと今回のケースに関してばかりは、どうにも違和感が拭《ぬぐ》えなかった。

「…………あの人らしく、ない」

きっといつもなら、もっと念入りに相手を分析して、もっと慎重に立ち回る。それがジークハルトという人間だ。ニコラが零した呟《つぶや》きを拾ったのか、アロイスが眉を下げて苦笑した。

「そうだね、ジークらしくはなかったのかも。だけど、僕はジークの気持ちも分かるよ」

「え?」

さらりと告げられた言葉に、ニコラは目を瞬《またた》かせた。

アロイスは困ったように眉尻を下げたまま、微《かす》かに笑う。

「だってほら、僕たちはあと数ヶ月もすれば、卒業しちゃうでしょ。でも、君はまだ一年生だ。自分が卒業してしまう前に蹴《け》りをつけたくて、焦る気持ちもあったんだと思うよ」

それで、リスクよりニコラの安全を優先していては、駄目だろうに。

アロイスの言葉に、ニコラはくしゃりと顔を歪《ゆが》める。

けれど、ニコラも過去に似たような行いをしたことがあるからこそ、頭ごなしに否定もできない。

それが遣《や》るせなくて、悔しかった。

「あのう……」

恐る恐るといった様子で声を上げるのは、それまで口を噤《つぐ》んで話に耳を傾けていたエマだ。

全員の視線が彼女に集中する中、エマはおずおずと口を開いた。

「呼び出しに応じた結果が、あの状況だったのなら……。その、呼び出した人物が真犯人ってことでは、ないんでしょうか……?」

彼女の言葉に、シャルも「そーじゃん。普通に考えて、そいつに嵌《は》められたって形でしょ?」と同意する。だが、これにはエルンストが苦々しい表情で首を横に振った。

「残念ながら、そう単純な話でもない……。閣下を呼び出した人間は、遺体を発見するまでずっと、俺たちと行動していたのだからな」

「え……？」

思いがけない言葉に、ニコラは目を瞬かせた。どういうことだ、と言わんばかりに見遣れば、エルンストは苦々しげに嘆息する。

「……閣下を呼び出した人物は、共に美術室に踏み込んだ五人のうちの一人――生徒会の、副会長だ。彼女は少なくとも、ダンスホールを抜けてから遺体を発見するまでの間、俺や殿下と共にいたことになる」

アロイスもまた、強張《こわば》った表情のまま頷《うなず》いた。エルンストの言葉を継《つ》ぐ形で言葉を続けると、眉尻を下げたままにニコラを見つめる。

「僕らは事前にさ、彼女がジークを呼び出したことを知ってたんだ。だから、彼女がダンスホールで声をかけてきた時点で〝どうして彼女が今ここにいるんだろう〟って、警戒していたつもりだったんだけど……」

――私は少しこの場を離れるけれど。念のため、出来ればアロイスかエルンストの目の届く場所にいて欲しい。

ニコラにそんな台詞《せりふ》を言い置いて行ったくらいである。そりゃあ勿論《もちろん》、アロイスとエルンストには事情を話していたことだろう。知らぬは自分ばかりであったことに、ニコラは小さく嘆息した。

それで？と続きを促せば、エルンストがちらりとアロイスの方に視線を向ける。

アロイスは軽く頷いて話を続けた。

「最初は僕が、留学生たちと副会長に『リュカの姿が見えない』って声をかけられたんだ。リュカは、留学生たち曰《いわ》く、舞踏会の開始時から居なかったんだって」

声をかけられたのは、僕がニコラ嬢とセカンドダンスを踊った直後だったから……。舞踏会開始から、ざっと三十分弱ってところだね、とアロイスは続けた。

ファーストダンスは約二十分程度で、その後のセカンドダンスは一曲五分前後で移り変わる。

ニコラはアロイスと踊った後、エルンストとも踊っている。

エルンストはニコラと踊り終わった後すぐにリュカ捜索に加わったというから、捜索が始まったのは舞踏会開始からちょうど三十分が経過した頃合《ころあい》だろう。

それから、アロイスは六人いた留学生のうち、四人を引き続きダンスホール捜索に残し、残りの留学生二人と副会長の女生徒、それからエルンストを連れ、校舎棟へ向かったという。

「副会長を校舎の捜索側に数えたのは、勿論ジークから話を聞いて警戒していたのもあったけど、それ以上に、彼女が校舎の鍵束を持っていたのも大きいかな」

この学院の鍵は、生徒会所蔵のものと、教員所蔵のものの二つしか存在しないという。

今回は、直前の戸締まりをジークハルトと副会長の二人が担《にな》っていたために、生徒会所蔵のものをジークハルトが、教員所蔵のものを副会長が、それぞれ所持したままだったらしい。

そして、五人がダンスホールからエントランスホールへと抜け、さらに吹きさらしの渡り廊下を通って校舎へ向かっている、その途上で。

彼らは四階の奥の方の窓の一つから、明かりが漏《も》れているのを目にしたという。光が部屋の壁の色を反射してか、白木の窓枠や窓周辺の雪がほんのりと緑色に色付いていたので、一行はすぐに美術室だろうと判断したらしい。

そして、どうして美術室なんかにいるのだろう、と訝《いぶか》しみながら見上げているうちに、階上からけたたましく、何かが割れるような音が聞こえ始める。

単発ではなく不規則、断続的に響く剣呑《けんのん》な音に、一行はそこでようやく尋常ではないと血相を変えたらしい。副会長の持つ鍵束を掻《か》っ攫《さら》い、エルンストを先頭に大急ぎで階段を駆け上がった。

そして、ようやく辿《たど》り着いた美術室にアロイスたちが踏み込んだ時。そこには既に事切れた隣国の第三王子と、ジークハルトの姿が在ったのだという。

室内にあった光源は、ジークハルトの持っていた手燭の炎のみ。

遺体発見後、副会長の「念のため、全ての窓に鍵が掛かっているかどうか、検《あらた》めてみませんか？」という発案で、彼らは手分けして二重窓の鍵を確認した。だが、窓には内側からきちんと施錠がされていたらしい。

遮光用のカーテンが半端に開いていたのは、美術室の窓のうちの一つのみで、他は準備室のものに至るまで、全て締め切られていたという。

「……争うような物音がしていたのは、本当に美術室だったんでしょうか？」

エマの問いに、アロイスは思案げに視線を虚空に向けた。

アロイスは自分のあごに手を添えつつ、小首を傾《かし》げて考え込むようにしながら、口を開く。

「うーん。正直なところ、美術室の前に辿り着いた時点では、音は止《や》んでいたけれど……。でも、その階の他の教室には、割れたガラスや陶器は落ちてはいなかったみたいだよ。リュカの着衣にも花瓶の破片は付着していたし……物音の発信源は多分、美術室だったと思う」

ニコラもまた、自身が見た美術室の光景を記憶の中から手繰《たぐ》り寄せる。

静物模写のためのモチーフだったのだろう。床には割れた白磁の壺《つぼ》や、硝子《ガラス》の花瓶の破片が散乱していて、花瓶の中身と思われる水が床に水溜《みずたま》りを作っていたように思う。

花瓶が落ちる時に当たったのか、イーゼルや乾かしかけのキャンバスがいくつか倒れていて、その中央に、遺体の位置を示すための白い枠線が引かれていたはずだ。その枠線の外側に、破片の残骸が散らばっていたことも、朧《おぼろ》げに思い出せる。

そういえば、とニコラは眉を寄せた。

現場の惨状を目にした時、何かに引っかかりを覚えたのではなかったか。

あの時は何に違和感を覚えたんだっけ、と眉を顰《ひそ》めて黙り込んでいると、隣でシャルが困惑したように声を上げた。

「その物音が、被害者が真犯人と揉《も》み合ってた音だとすると……。その時点では、被害者は生きてたってことだろ？　じゃあ、音が聞こえていた時に一緒にいた副会長が実行犯っていうのは、まず無理じゃね？　他に共犯者がいるってこと？」

「だが閣下は、音が鳴り止《や》んだ直後に、美術室へ踏み込んだと仰《おっしゃ》っているんだぞ。となると共犯者がいたとしても、やはり美術室から忽然《こつぜん》と消えたことに変わりはない……」

シャルの疑問に、エルンストが難しい顔をして応じる。

彼の視線の先にはアロイスがいたが、彼の主人もまた、腕を組んで唸《うな》った。

「そう、そこが問題なんだよね。だって、僕たちが窓から漏れる明かりを目にしたのは、物音が鳴り始めるよりも前だったんだ」

アロイスはほんの少し言い淀《よど》んでから、言葉を続ける。

「ジークが、物音が鳴り止んでから美術室に入ったって言うのなら……。僕らが物音より前に目撃した明かりは、ジークの手燭とは確実に、別物のはずなんだ。でも、もし仮に、その明かりの主が共犯者だったとして……。じゃあその共犯者は、一体どこに消えてしまったのか、っていう……」

ニコラはその言葉を受けて、ぐっと唇を噛《か》み締めて目を伏せた。

「……それよりも、最初からジークハルト様が美術室にいて、その手燭の炎が漏れていたと考える方が自然、と……。そういうことになるんですね」

それに、もし共犯者が存在していたとしても、他にも問題はあった。

そもそも鍵束を所持していたのは、ジークハルトと副会長の二人だけだったのだ。

仮に共犯者が、鍵を使って美術室に侵入し、殺害に及んだ後に、鍵を副会長に返却したとして。

エルンストは渡り廊下を渡り終えた時点で、鍵を副会長から引ったくり、そのまま四階まで駆け上がったという。となれば、共犯者と副会長が鍵束のやり取りをするチャンスは、実質なかったということになる。

悔しいが、ジークハルトが無実だと仮定するから状況が難解に見えるのであって、逆に彼が犯人だと考えれば、辻褄《つじつま》は全て合ってしまうのだ。

「あー、コレはすごいテンプレなんだけどさぁ……。人と会うために準備室で待ってたってことは、廊下に面している準備室の扉には、鍵をかけてなかったんじゃない？　たとえば、ジークハルトさんが内扉を通って美術室に踏み込んだ時、共犯者は内扉の裏側に隠れていて――」

「ジークが死体に気を取られている隙に、準備室を経由して出て行った、と？　でもこれは、他ならぬジーク本人が否定してるんだよね……。ジークは、真っ先に内扉の裏を確認したんだって」

シャルの言葉を引き取って、アロイスは静かに首を振る。

エルンストもこれに追従《ついじゅう》した。

「あぁ。何せ閣下は、自分に危害を加えられる可能性を想定した上で、あの場におられたわけだからな。隣室の物音は、自分を釣るための音ではないかと警戒したことだろう」

そりゃあそうだ。背後を取られれば、敢えて軽傷を負うどころか、下手をすれば致命傷となりうるのだから。そこまで迂闊《うかつ》な真似《まね》をするほど、ジークハルトは馬鹿ではない。

今回は例外的に後手に回っているだけで、常ならば他の誰よりも慎重を期し、周到《しゅうとう》に立ち回る性格なのだ。死角になりうる場所は、一番に警戒したことだろうとニコラも思う。

「じゃあさ、やっぱり実行犯は、副会長本人なんじゃね？」

「舞踏会が始まる前の、戸締まりの段階で殺害していたとすれば……。鍵がかかっていた状況には説明がつきますよねぇ。殺害後に、鍵を持っている副会長さんが、普通に鍵をかけてしまえばいいんですから」

「だよなー。実際、ジークハルトさんを準備室に呼び出したのも、その女なワケでしょ？」

シャルとエマが思い思いに納得を示して、顔を見合わせる。

だが、これにはやはり、エルンストが身を乗り出して反論を重ねた。

「いや、それはありえん。俺が死亡を確認した時、遺体には体温がまだ残っていたんだぞ。当然、死後数時間後から表れるような、筋の硬直や紫斑《しはん》の出現もなかった」

そう言って、エルンストは忌々《いまいま》しげに首を横に振る。それは直《じか》に遺体に触れたからこその、実感を伴《ともな》った言い分だった。きっと、エルンストは嘘《うそ》をついてはいないのだろう。

それでも、ニコラはおずおずと疑問を口にした。

「……でもそれって、本当に死んだ直後だったと断定できるものなんですか？」

死後に紫斑が現れたり、硬直が現れたり。それらは確かに、死後に明確な現象として現れるものだろう。外気温によって、ざっくりとした死亡推定時刻の概算が出せるというのも一応分かる。けれど一方で『触れた時の表体温がまだ温かかったから、死亡直後だ』と断ずるのは、早計ではないかとも思うのだ。

何せ血液や体液というのは、前提として液体である。液体である以上は、一瞬で熱を失うとも思えない。温度はじわじわと下降するものではないだろうか。

それに、そもそも人の平均体温などまちまちである。エルンストが被害者の平均体温を知っていたとも考えづらい。

触れた時に温《ぬく》かったからといって、死にたてほやほやとは言い難いのではなかろうか。

弟弟子も「オレ、刑事ドラマで見たことあるんだけどさ」と前置きして、口を開いた。ニコラ以外は「刑事ドラマ?」と首を傾げているが、シャルはお構いなしに言葉を続ける。

「死亡推定時刻って、直腸体温で割り出せるらしいんだけど……。平均して、一時間に一度ずつくらいで低下していくんだってさ。意外とゆっくりなんだなって思って、覚えてたんだよね」

もちろん、表体温であれば、もう少し下降ペースは早いだろうが。

それでも、美術室は防寒のための二重窓があるおかげで、他の部屋よりは暖かいはずだった。

そこのところ、どうなのだとエルンストを見遣れば、彼は渋々と「確かに、死後三十分から一時間程度であれば、誤差の範囲だろうな……」と認めた。

そこで、エマが控えめながらに声を上げる。

「では、副会長さんは、殿下やエルンくんに声をかけてくるまで、ダンスホールではどのように過ごされていたんでしょう……?」

「彼女の婚約者は、すでに卒業してるみたいだけど……。その婚約者が、ひと月くらい前に事故で亡くなったばかりだから、ファーストダンスは誰とも踊る気になれなかったんだ、って言ってたよ。セカンドダンス以降、一曲だけ踊ったみたいだけど、その後すぐに留学生たちと合流したみたい」

一応、彼女とセカンドダンスを踊った人間からなら、裏は取れてるよ。

そう言って、アロイスは肩を竦《すく》めてみせた。

ニコラはなるほど、とひとつ頷く。それからファーストダンスの間の、壁際の様子を思い出した。前半は、条件の良い人間を取り合う修羅場であり。後半は、あぶれた生徒たちが壁の花を回避するために、右往左往する有様だ。

他者にのんびりと意識を割《さ》いていた生徒など、ほとんど居なかったに違いない。

「つまり、副会長の女生徒のアリバイは……。少なくともファーストダンスの間においては、あやふやだったということですか？」

ニコラが確認するように呟くと、その場にいる全員からの視線が一斉に集まる。

「だとしたら、ファーストダンスの二十分間の間に殺害して、セカンドダンスに間に合うようにホールへと戻れば……？」

期待するように、ニコラはずい、と机に身を乗り出す。

何せ、アロイスたちを巻き込んだリュカ捜索が始まったのは、舞踏会が始まって三十分が経過した頃だ。

そのままホールを出て渡り廊下を渡り、そこから一目散に四階まで駆け上がったというのなら。恐らく美術室に到着するまで、プラス五分前後といったところだろう。

つまり、アロイスたちが遺体を発見したのは、舞踏会開始から三十五分〜四十分が経過した頃だったと考えられる。死亡後三十分程度であれば、遺体の温もりは誤差の範囲に収まるはずだった。

けれど、アロイスは苦虫を噛み潰したような表情で、静かに首を振った。

「仮に、副会長がファーストダンスの間にリュカを殺していたとしても、だよ。リュカが誰かと争っていたような、花瓶が割れる物音は……？　僕たちが目撃した、美術室の窓から漏れる明かりは……？」

「あっ……」

「そこまで説明できないと、ジークの無実は、説得力を持たないんだよね……」

ニコラは押し黙る。全くもってその通りだ。ぐうの音も出ないほどの正論だった。

黙りこくるしかないニコラに代わって、エマが縋《すが》るように案を出す。

「じゃあ、物音や明かりは、何かのトリックだったということは、ありませんか……？　ほら、窓の施錠を確認しようと言い出したのは、副会長さんなのでしょう？　その時に、窓の外に何かを捨てたり、なんてことは……？」

だが、これにはエルンストが、重々しく首を横に振った。

「殿下や俺も、リュカ殿下の死に、少なからず動揺していたのは認める。確かに、彼女から一瞬たりとも目を離さなかったかと問われれば、断言はできん……。だが、外は既に吹雪《ふぶ》き始めていたんだ。何かを捨てるために窓を開ければ、流石《さすが》に音で気付いただろう」

至極《しごく》ごもっともである。アロイスもそれに同調するように、ゆっくりと首を横に振った。

会話が止まると、時計の針が進む音がやけに耳について、沈黙を余計に強調する。

何とかしなくてはならないと、頭では分かっていても、思考はから回るばかりだ。焦燥感《しょうそうかん》を募《つの》らせるばかりで何の手も打てないまま、無為《むい》に時間だけが消費されていく。

沈黙と閉塞感《へいそくかん》だけが、無限に積み重なっていく心地がした。

2

かち、こち。古めかしい時計が振り子を揺らしていく音の合間に、暖炉の中で薪《まき》が爆《は》ぜる。

時刻はいつの間にか、二十二時を回ろうとしていた。他の一般生徒には事情を伏せているにしても、そろそろ舞踏会もお開きになって然《しか》るべき時間だった。

他の生徒たちは、それぞれ寮へと引き上げ始めた頃だろうか。またひとつ、かちりと時計の針が進む音に、時間の有限性ばかりを意識させられる。ニコラは小さく唇を噛んだ。

「あの、……ジークハルト様の処遇《しょぐう》は、どうなるんですか」

容疑者となってしまった彼の扱いは、今後どうなるのだろう。ニコラは拳をきつく握り締めて、重い沈黙を破るように、躊躇《ためら》いながらもアロイスに問う。

アロイスは眉根を寄せて、僅《わず》かに口角を下げて呟いた。

「今は、鍵のかかる部屋に軟禁されてる。ジークには反抗や逃走の意思がないし、外はこの吹雪だからね……。明朝早くに、王宮へ身柄《みがら》を移されることになったよ」

表情を取り繕《つくろ》うのを失敗したらしいアロイスは、ニコラから視線を逸《そ》らして小さく続けた。

「……ごめんね。その先のことは、僕にも分からないや。そこから先は、僕らの国の裁量《さいりょう》を超えちゃうんだ」

エルンストが立ち上がり、無言で暖炉へ薪を足した。じゅっと爆ぜた火の粉が舞い上がる。

一瞬だけ明るくなった空間で、アロイスは「本当は、こんな言い方はしたくないんだけど……」と、机の上で軽く組まれた指の先に視線を落とした。

曰く、殺された隣国の第三王子、リュカ。彼は数いる側室──その中でも元踊り子が産んだ男児であり、国内の後ろ盾がほぼ皆無であるのだという。

後ろ盾もない割に、男児であり、かつ生まれた順位も地味に早い。亡くなった第三王子は、正直なところ、本国ではかなり持て余されていたそうだ。

「これでもウチと隣国は、数代前までは戦争をしていた間柄だからね。リュカが本国にとって、真に要人であるのなら……長期で国外には出されない」

確かに、第一王子のスペアというのであれば、第二王子がいれば十分だろう。

不要な割に無碍《むげ》にしづらい生まれで、かつ後ろ盾も碌《ろく》にない存在。そういう立ち位置の人間が煙《けむ》たがられるというのは、理解できない話ではなかった。

アロイスは沈痛な面持ちで「だからこそ」と言葉を続ける。

「幸いなことに、リュカがこの国の人間に殺されたからといって、即、戦争だって話にはならないだろうね。ただ、隣国からすれば、面子《めんつ》は潰されているわけだから……。体裁《ていさい》を保つために、犯人の処刑を求めてくる可能性は、あると思う」

「そう、ですか……」

アロイスのその呟きに、ニコラはぐっと息を詰める。

けれど取り乱さずにいられたのは、シャルやエマからその可能性を既に示唆《しさ》されていたおかげだった。ニコラはどうにか動揺を呑《の》み込んで、ぎゅっと拳を握り込んだ。

状況証拠から鑑《かんが》みるに、最も疑わしいのは副会長なのだろう。

それでも彼女を真犯人だと糾弾《きゅうだん》できる材料は何もなく。それでは事態の打開にならないことは明白だった。

暖炉の炎が、音を立てて揺れる。ぱち、と爆ぜる音すらも恨めしく感じてしまうほど、五人の間には重苦しい沈黙と閉塞感が満ちていた。

窓の向こうでは、吹雪が吹き荒《すさ》んでいる。重苦しい空気の中、シャルは一度緩く息を吐き出してから、ぽつりと呟きを零した。

「なー、オレら今んとこ、その副会長の女が真犯人だと想定して、話を進めてるけどさぁ。自分を振った相手を殺すっていうのはまぁ、百歩譲《ゆず》って分かんなくもない……。でも普通、振った相手に罪を擦《なす》り付けるためだけに、全く無関係の第三者を殺そうって発想になるもん？」

シャルの疑問は、至極真っ当なものだった。

ちらりと横目にニコラを見る弟弟子に、だが、ニコラは静かに首を横に振った。

「……もっともな意見だとは思う。でも、悲しいかな、常識を弁《わきま》えている人間にしか、一般論は通用しない。反社会的人格を持つ人って、世の中にはある一定の割合で存在するんだよ」

良心の呵責《かしゃく》や、共感性の欠如《けつじょ》。

目的の為なら手段を選ばない、合理性から来る冷酷さ。

自己価値の誇大《こだい》的な感覚。利益を追求する結果至上主義。

人を騙《だま》しても心が痛まない。嘘は気楽に吐けるもの。知性が高く狡猾《こうかつ》で、攻撃性と衝動性を抱える、複雑な人格保持者たちだ。

彼らはどの社会にも、人口に対して1％から数％は存在しているという研究もある。（もちろん皆が犯罪行為に走るわけではないだろうが）

ジークハルトの身近にいたことで、ニコラはストーカーたちを目にする機会が幾度かあった。もちろん直接接触することこそなかったが、陰ながら彼ら彼女らを観察する機会があったのだ。

だからこそ、ニコラは思う。ストーカー行為の末に、凶行にまで走ってしまう人物たちと、こうした複雑な人格保持者たち。これらの性質群は近しい位置にあって、そして稀《まれ》に一部、重なることもあるのだろう、と。

「そうでもないと、あぁはならないでしょ」

「…………言われてみれば、まぁ確かに？」

ニコラの言葉の意図を正しく理解したのだろう。シャルは軽く肩を竦めて、あっさりと同意を示した。

そんなニコラとシャルのやり取りに対し、アロイスとエマもまた、苦笑気味に視線を交し合う。

エルンストだけが、話の展開を呑《の》み込めないといった様子で、困惑した面持ちで四人の顔を順に見比べていた。

暖炉の中で炎が爆ぜる。再び訪れた静寂の中に、ぱちぱちと炎の爆ぜる音だけが響き渡った。

四人全員を見回して、やがてエルンストは痺《しび》れを切らしたように、口を開いた。

「……そもそもなぜ誰も、その可能性について言及しないのか、ずっと気になっていたんだが」

エルンストはそこで一度言葉を切ると、言い淀《よど》むように口元をもごつかせる。

だが、エルンストはしばらく躊躇《ためら》ったのち、非常に不本意そうな顔で再び口を開いた。

「その、だな……。この俺が言うのも何なのだが。たとえばあの副会長も、お前たちと同じような霊能者で、壁抜け出来るような化け物を操って殺害した――。そういう可能性は、ないのか」

エルンストはこの上なく苦々しい顔で、そう歯切れ悪く吐き出した。

その表情から察するに、オカルトを積極的には認めたくないが、とはいえ誰も口に出さないから質問せざるを得ない、といったところだろうか。

ニコラと出会ったばかりの頃は、やれ「胡散臭《うさんくさ》い」だの「目に見えないモノなど絶対に信じない」だの、散々噛みついてきたというのに。人間、変われば変わるものである。

エルンストを見るアロイスも、まるで「わん」と鳴く猫でも見たかのような表情で、ぽかんと口を開けて呟いた。

「あのエルン自ら、そんなことを言い出す日が来るなんてねぇ……。それは、ものすごーく感慨深いところではあるんだけど、それはさておき……」

アロイスはエルンストから視線を外し、ニコラとシャルを順々に見ると、首を傾げた。

「一応、駄目もとで確認しておくけれど……。エルンの言うように、彼女が普通の人の目には視《み》えない化け物を操って嗾《けしか》けた、なんて可能性はあり得るかな？」

「ないだろ」

「ないでしょうね」

顔を見合わせるまでもなく、ニコラとシャルはきっぱりと否定を口にした。

シャルの隣に座るエマも「ですよねぇ」と相槌《あいづち》を打ち、三人で深く頷き合う。これにはアロイスも、「だよね」と苦く笑うばかりだった。

そんな四人の様子に、エルンストだけが、ますます困惑した表情になる。

何故そう断言できるのか、どうして自分以外の意見が一致しているのか、きっと納得がいかないのだろう。頭上に疑問符を浮かべているエルンストに、ニコラは仕方なく口を開いた。

「エルンスト様。副会長の女生徒は、どんな髪色で、今日、どんな色のドレスを着ていましたか?」

「どんな、だと? 確か、濃茶の髪に、真紅のドレスだっただろう。そんなの、お前だって目にしているはずだ。何故そんなことを聞く?」

不可解そうに眉を顰めるエルンストに、けれどもニコラは緩く首を横に振った。

やがて、視線はエルンストに向けたまま、そっと口を開く。

「この場にいる人間の中で、彼女の容姿や装いを正しく認識できているのは……多分、エルンスト様だけですよ」

「……は?」

ニコラの言葉に、エルンストが間抜けな声を漏らす。何を言っているんだ、とばかりに何度も瞬《まばた》きを繰り返す彼の反応に、ニコラは小さく苦笑した。

エルンストはすぐさま周囲を見回すものの、アロイスやエマたちもまた、苦い表情で頷くばかり。ニコラの言葉を訂正しようとする者は、この場に誰もいなかった。

「……初めて彼女を視認した時、私には正直、性別すら判別できませんでしたよ」

ひと月前、彼女がオリヴィアの後釜なのだと、アロイスから教えられた時のこと。ニコラが「あぁ、あれ、彼女なんですか」と呟いたのは、そういう意味合いがあったからである。

「エマさんの目には、全身真っ黒に視えましたよう」

「まぁ、ねーちゃんの視力じゃ、そうだろうなー。厳密に言えば、洗濯機があの人を中心にぐるぐる回ってるっていうか、どす黒い竜巻があの人を中心に渦巻《うずま》いてるみたいな？　中の人なんて、とてもじゃないけど見えないわ」

エマの言葉を引き取って、シャルがニコラに向けて肩を竦めてみせる。「ホント、何人、何十匹の憎悪《ぞうお》や魂を蓄積したら、あんな状態になんのかねぇ……」とぼやく弟弟子に、ニコラも同意するように頷いた。

殺された隣国の王子が地縛霊になっていたとしても、すっかりあの渦に巻き込まれて、渾然《こんぜん》一体となっているに違いない。

「怨嗟《えんさ》の念、瞋恚《しんい》の情……そういうものが幾重にも絡み合って、彼女を中心に轟々《ごうごう》と渦巻いているんですよ。とてもじゃないですけど、人の姿は見えない」

取り憑《つ》かれていると表現するには、あまりにも禍々《まがまが》しい。あれは、人の背負える業《ごう》をとうに超えてしまっているようにニコラには思えた。

彼女の婚約者は、事故で亡くなったばかりだというが「それって本当に事故だったの？」と疑ってしまいたくなる程度には、彼女の背負う業は常軌《じょうき》を逸《いっ》していた。余罪は、確実にあるのだろう。

「まぁ、そういう訳で、だよ。もしも彼女が視える側の人間だったとしたら、四方八方が真っ黒で、前さえ碌に見通せないんじゃないかな。僕があの中心にいたとしたら、確実に日常生活は送れないだろうね……多分、一人じゃ歩くことさえ難しいと思う」

アロイスはエルンストをちらりと見遣って、苦笑交じりに肩を竦めて見せる。

「だからこそ、彼女が視える人で、化け物を操って殺した説はあり得ない——そうだよね？」

アロイスの問いに、ニコラとシャルは揃《そろ》って無言で首肯した。

ニコラとシャルは当初、怪異による殺害を疑った。だがそれはあくまでも、怪異そのものの自由意志であることが前提だったのだ。

視えないモノを使役《しえき》など、到底できうるはずもないのである。副会長が怪異を使役したという仮説は、前提からして不可能と分かりきっているからこそ、真っ先に除外した可能性だった。

「あのぅ、純粋に疑問なんですけど……。あんな状態になってしまった彼女は、どうなるんでしょう？　この先も、普通に生きていけるんですか？」

エマがおずおずと口に出した問いに、ニコラとシャルは無言で顔を見合わせた。

「……まぁ、無理でしょうね。既に、いつ取り殺されたって不思議じゃないですから」

そうなれば、ある日突然、謎の心筋梗塞でぽっくり、などということもあり得るだろう。

背負いすぎた業は、無自覚であっても着実にその身を蝕《むしば》むものだ。ニコラはそっと目を伏せて呟いた。

「もし、ああいう人が依頼人としてやって来たのなら……。私だったら、軽く三桁くらいは、依頼料をぼったくるでしょうね」

阿漕《あこぎ》という勿《なか》れ。因果は巡るものなのだ。

原因と結果は釣り合うように、世の中は回っている。

因果応報の歯車を無理やりに歪めるためには、請《う》け負う側も相応の無理を通さなければならないのである。搾《しぼ》り取れるギリギリを受け取ってもバチは当たるまい。

だが、弟弟子はといえば、異論があるらしい。

弟弟子は卓上に片肘を突くと、あごを支えるようにしながら苦笑いを零した。

「甘い甘い、お前やっぱ、そーいうとこ甘いって。オレなら話も聞かずに、門前払い一択だわ。はいはいサヨナラまた来世。今世の生存は諦めて、せいぜい来世は真っ当に生きるこったな、ってね。交渉の席にだって、死んでもついてやるかっての」

まぁニコラとしても、弟弟子の言うところも理解できないものではない。本来それくらいには、関わり合いになりたくない状態の相手なのである。

その一方で、あの状態が視えていないのならば――。エルンストがそう認識したように、彼女は只人《ただびと》としてその目に映るのだろう。

そこまで考えて、あぁ、とニコラは納得したように嘆息した。

もしも、あの状態が視えていたのなら。ジークハルトは彼女に対して、もっと警戒したに違いない。

けれど、きっとジークハルトには、あれが視えてはいなかったのだ。

たとえば、生まれつきよく視えてしまったニコラやシャルのように。

著《いちじる》しく損なった視力を補うために、後天的に第六感が開花したエマのように。

人はそれぞれ、視えるようになった経緯が異なるもの。そしてジークハルトもまた、視えるようになるまでに、異なる経緯を辿《たど》っていた。

ジークハルトは幼い頃から、あまりにも多くのモノを引き寄せ過ぎた。だからこそ後天的に、身を守るための防衛本能として、人ならざるモノの存在を認識するようになったのだ。

その由来が由来であるからこそ、自分に害意を向ける存在でないのであれば、はっきりくっきりと視える必要もない。

つまり、自分に対して無害なモノは、ジークハルトの目には映りにくいのだ。

その一方で、文字通り〝渦中《かちゅう》〟の人。副会長の彼女を取り巻く、あのドス黒い怨嗟《えんさ》の渦はといえば、副会長に対してのみ牙を剝《む》く存在である。

その敵意や害意のベクトルが、内側にのみ向いているからこそ、ジークハルトの目には、彼女が普通の女生徒として見えてしまったのだろう。

ニコラがもしも、彼女に対する警戒を促《うなが》していたならば。ジークハルトはいつも以上に、慎重に立ち回ったに違いない。

けれど、二人の視界は大抵《たいてい》の場合、凡そ重なり合っていて。概《おおむ》ね同じ景色が視えているからこそ、ニコラもその微妙な差異を、ついつい失念しがちだった。

今回も、見るからにヤバそうな相手なのだから、わざわざ自分が忠告するまでもないだろう、と。

いつもであれば、会話を重ねているうちに噛み合わなくなり、認識の齟齬《そご》にはすぐに気付くのだ。だからこそ、お互いが忘れがちな視え方の差異も、会話の中で修正することが出来る。

ところが今回に限っては、ストーカー対策のため、接触する回数が必然的に少なかった。そうして、気付いた時には既に手遅れだったのだ。

ジークハルトにしても、きっと慣れからくる慢心《まんしん》があったに違いない。

ストーカーに慣れるというのも嫌な話ではあるが、それでも彼女が普通の女生徒に見えたからこそ、いつものストーカーだろうと判断してしまったのだ。

だからこそ、よくあることだから、と。

いつもの対処法で問題ないだろう、と。そう思ってしまったのだろう。

なまじ、肉を斬らせて骨を断つ対処法が一定の効果を挙げてきたこともあって、ジークハルトはいつも通りの対応で問題ないと思ってしまった。

仮にオカルト方面で何かあったとしても、自分に害意を持つモノであれば、自分にも視えるだろうという油断も、あったのかもしれない。そういう例外的な要素がいくつも重なり合って、結果として今回の事態を招いてしまったのだろうとニコラは思う。

慣れからくる慢心は決して褒《ほ》められたものではないが、怨嗟の渦が視えなかったこと自体に関しては、ジークハルトの落ち度はない。視えていなければ、いつものストーカーだと判断してしまうのも、分からなくはなかった。「いつものストーカーかと思ったら、実はストーカーの皮を被《かぶ》ったもっとヤバい奴《やつ》でした」というのを、何の前情報もなく疑う方が難しい。

むしろ、見るからに危険そうな人物だと分かっていながら、幼馴染に視えていない可能性を失念していたニコラだって、それなりにやらかしているのだ。

ニコラが最初から彼女に対する警戒を促していれば、避けられた可能性もあっただけに、後悔は尽きなかった。

「いっそ、隣国の王子様は、美術室で自死された……なんて筋書きなら、どうでしょう?」

エマが沈黙に耐えかねたのか、そんなことを口にする。

「そうなれば、犯人は存在しないことに、なりませんか……?」

これにはエルンストが「確かに、それはそうだな!」と興奮したように立ち上がる。

弟弟子も「まぁ、現場を密室にするメリットって、普通は自殺に見せかけるためだし、アリなんじゃね?」と相槌《あいづち》を打った。

確かに犯人が存在しないのであれば、罰せられる人間も存在しない。

だがアロイスは、これには渋い顔で残念そうに首を横に振った。

「僕もそれを思いついて、ジークに面会した時に提案したんだけどさあ。本人に否定されちゃったんだよねえ……。鍵が閉まっていたはずの美術室で、わざわざ自殺する動機も、ジークや副会長の持つ鍵を使わずに美術室に侵入する方法も説明できなくちゃ、犯人説は覆らないよ、ってさ。実際、そうなんだよねえ……」

アロイスは頭を抱えると、そのままべしゃりとマホガニーの机に懐く。それから、肺の中の空気を絞り出すかのように大きなため息を吐いてみせた。

「こういう時、一番頼りになる張本人が、今ここにいないんだもの。参ったなぁ……」

途方に暮れたようなその声を最後に、議論はまたもや静寂と停滞の一途を辿ることになってしまう。


机の上に置いた手燭の蠟燭は、時間の経過と共に短くなっていく。

依然、議論は暗礁《あんしょう》に乗り上げたままだ。もはや大体の案は出尽くしたのだろう。その後、目新しいものは何一つ出てこなかった。

閉塞感ばかりが五人を支配する中、動きがあったのは時計の短針が二十三時を示す直前のことだ。

エルンストが席を立ち、「これから、閣下の軟禁されている部屋の見張り要員と、交代に行かなければならないんだ」と言い出したのだ。

学院は一般生徒や大半の教員たちに対して、事件を伏せたままだ。

そのため第一発見者となったエルンストと留学生たち、そして一部の教員のみでローテーションを組んで、軟禁しているジークハルトを見張ることになっているらしいのだ。

エルンストは立ったままニコラを見下ろすと、「……ついてくるか?」と口にした。

戸惑っていれば、エルンストは少しだけ居心地が悪そうに目線を逸らす。

「……俺が担当の時間帯であれば、扉越しにならば面会させられる」

ぼそり、と。ぶっきらぼうな口調ながらも、エルンストははっきりとニコラにそう告げた。

思わず目を瞬かせるニコラに対し、アロイスも「行っておいで、ニコラ嬢」と背中を押す。

ニコラはきゅうと唇を噛んで、やがて小さく頷きを返したのだった。

◆◆◆

エルマはまっ青なかおをして、
びくびくと、なにかをこわがっています。
びくびくびく、ビクビクビク。
しばらくすると、うごかなくなりました。

もう、こわくはなくなったみたい。
よかったね。
よかったね。

おやすみなさい。

五章　レゾンデートルの融解

1

――来賓《らいひん》を迎える応接室。

校舎一階の奥まった場所にあるその部屋が、ジークハルトの軟禁されている場所だった。

現在進行形で殺人容疑をかけられている人間を、他の学生も寝泊まりする寮の一室に閉じ込めておくわけにもいかなかったのだろう。

応接室の扉の前に陣取っていた見張りの教員と、エルンストは二言三言、言葉を交わす。

やがて、教員が立ち去るのを待ってから、エルンストは物陰に隠れるニコラを呼び寄せた。

それから、エルンストは目の前の扉を静かにノックして、こう言った。

「閣下、聞こえていらっしゃいますか、エルンストです。見張りの交代に来ました。ですが、私事ながら、非常に眠いのです。ですので、その気はなくても、自分は居眠りをしてしまうかもしれません。眠っている以上、自分は何も聞いておりません。あぁ、眠い。今にも寝落ちしてしまいそうだ」

そう言って、エルンストは扉から離れた廊下に胡座《あぐら》をかいて座り込むと、壁に背を預けて目を閉じた。

思わず鰤《ぶり》と一緒に煮付けたくなるほどの大根役者っぷりだが、今はその気遣いが有り難い。

そっと扉に近付けば、両開きのドアのノブはふたつ、縄で雁字搦《がんじがら》めに結《ゆわ》えつけられている。だが、考えてみれば、それも当然のことだった。

部屋の鍵というものは大抵《たいてい》の場合、外からも中からも開けられる構造になっている。誰かを室内に閉じ込めようとする場合、外側からの施錠はより原始的な方法に頼る他にない。

この複雑な結び目を見るに、恐らく一度解いてしまえば、再びこの状態に戻すことは至難《しなん》だろう。すわ出番か、とばかりに鍵の形をとって現れたジェミニは、やがてひどく残念そうに鍵の擬態《ぎたい》を解いて、今度はなぜか黒猫の姿をとった。

持ち上げれば、その毛並みも温もりも、本物の猫そのものだ。せめて主《あるじ》が暖を取れるようにという配慮なのだろうか。身体《からだ》をすり寄せるようにして、体温を寄越《よこ》そうとする。

ニコラはジェミニを抱き込んで、そっと扉越しに声をかけた。

「……そこに、いるんですね」

ふっと、空気が揺れる気配がする。きっと、ニコラがここにいることに驚いたのだろう。

やがて、囁《ささや》くような返答があった。ニコラは扉に背を預けて、ずるずるとその場にへたり込む。

随分久しぶりにジークハルトの声を聞いたような、そんな気がした。

「何やってるんですか、もう……。本当に、らしくない」

座り込んで、ジェミニごと膝《ひざ》を抱きかかえる。扉の向こうから、苦笑が漏れ聞こえた。

「あぁ、迂闊《うかつ》だった。我ながら本当にそう思うよ」

自嘲めいた、微《かす》かな笑い声が耳朶《じだ》を打つ。けれど、迂闊だったのはニコラも同じなので、それ以上はもう、何も言えなかった。

ジークハルトにとって、自分に危害を加えられることは、むしろ好都合なことだった。一人で副会長の呼び出しに応じたのも、敢《あ》えて彼女に隙を見せて、加害を誘うつもりだったのだろう。

不意打ちによる加害を、常に警戒し続けなければならない状況よりも、隙を見せて襲撃を誘う方が、精神的に楽なのも理解できる。

一方でジークハルトは、ニコラに対する加害の可能性も、きちんと警戒していたのだろう。

だからこそ、表向きには徹底して関わりを断っていたし、きっと舞踏会当日に、ニコラが別人レベルの化粧をしてくるのも織り込み済みだったに違いない。

実際、骨格から何から印象を操作した上で、顔面をゴリゴリに盛ったのだ。ジークハルトと踊りはしたけれど、ニコラは名乗りを上げたわけでもない。すっぴんの日常に戻れば、個人の特定は避けられるはずだった。

自分と、自分の婚約相手への加害に対する警戒。いつものストーカー相手であれば、それで十分だっただろう。

けれど、今回相手取っていたのは、単なるストーカーではなく、もっと危険度の高い人物でもあった。それがジークハルトにとっての誤算であり、加えてニコラの伝達不足が重なった結果が、かなりタチの悪い方向で裏目に出たのだろう。

「焦ると、碌《ろく》なことにならないね」

とん、と微かに背後の扉が揺れる。

聞こえた衣擦《きぬず》れの音の近さに、恐らくジークハルトもこの扉に背を預けて座ったのだろうと想像がつく。ニコラはただ、自分の座高より少し高いところから聞こえる声に耳を傾《かたむ》けた。

「副会長の女生徒は二年生で、ニコラはまだ一年生だ。それなのに、私はあと数ヶ月もすれば、ニコラを置いて卒業してしまう。だからこそ、自分の在学中に決着をつけようと、無意識に気が逸《はや》っていたんだろうね。向こうから尻尾《しっぽ》を出してくれるというのなら、丁度いい、なんて。安堵《あんど》してしまったくらいだ」

静かに滔々《とうとう》と紡《つむ》がれる口調には、時折苦笑のようなものが混じる。

ストーカーを相手に慣れるというのも、つくづく嫌な話だが。なまじ、今までの対処法で成功し続けたが故の『慣れからくる油断』は、最悪のタイミングで顕在化《けんざいか》してしまったらしい。

それを、ジークハルト自身が一番に痛感しているのだろう。そう、声色で分かった。

ニコラはジェミニを抱きしめて、その黒い毛並みの中に鼻先を埋《うず》める。

口をついて出るのは、恨み言にも満たないような、いつもの軽口だ。日常を辛うじて繋《つな》ぎとめようとするような、薄氷《うすらい》の上の悪足搔《わるあが》きといえば、それまでかもしれない。

「……勉学も武術もそれ以外も、何でも無駄に極めてしまうから、誰彼構わず惹《ひ》きつけることになるんですよ」

「うん。あるいは、そうだったかもしれないね」

いっそ、見てくれだけのお馬鹿だったり、運動音痴のドジっ子だったりすれば、もう少し寄せられる好意も減っただろうに。なまじ、何でも平均以上に熟《こな》してしまうから、変な輩《やから》にまで目を付けられてしまうのだ。

それでも、たとえばニコラがふとした瞬間に呟《つぶや》いた疑問には、何でも答えられるように。せめて実体のあるものからは、ニコラを守れるように。そうやって、せっせとハイスペックに磨きをかけていった幼馴染《おさななじみ》に、ニコラはくしゃりと顔を歪《ゆが》める。

ある程度成長してからは、そのハイスペック具合も『隙のなさ』や『手の届かない、観賞用の高嶺《たかね》の花』を演出するための小道具になったようではあるが。

それでも始まりの動機は、確かにニコラの為であったことを、ニコラは確かに覚えている。

「でも、あの努力は全部、ニコラの隣に立つのに相応《ふさわ》しい自分であるためのものだったから。もしも、もう一度人生をやり直せたとしても、私は同じ生き方をするだろうな」

ジークハルトはそう、穏やかに「もしも」と口にした。だが、生憎《あいにく》と十年来の付き合いなのだ。それだけで、ジークハルトが心のどこかで覚悟を決めているということくらい、分かってしまう。

祓《はら》うことしか能のないニコラには、政治も外交も分からない。けれど幼馴染には、処刑がどれくらい現実味のある話なのか、想像がついているのかもしれなかった。

「ねぇ、ニコラ」

「嫌だ、聞きません。もしも、なんて縁起《えんぎ》の悪い話、やめてください」

ジークハルトの言葉を先取りして、ニコラは唇を戦慄《わなな》かせた。

その言葉の続きを、正しく予想してしまったからだ。

けれど、ジークハルトは苦笑しながらも「ごめんね。でも、言葉を交わせるのは、これが最後かもしれないから」と、取り合ってくれない。ニコラが本気で嫌がっているというのに、分かっていても尚《なお》その意に反することなど、出会って以来初めてのことだった。

「ニコラには幸せであって欲しいし、自分の手で幸せにしたいというのは、紛れもない本心だ。けれどもし、それが叶《かな》わないのであれば……。自分に縛りつけたくはないし、背負って欲しくもない。だから、ね。もしもの時は」

自分のことなど忘れて、自分以外の誰かと幸せになれとでも言うのか。

そんな言葉、聞き入れられるはずもない。

「言わないでって、言ってるでしょう！　私との未来を謳《うた》ったその口で、自分との未来を諦めるようなことを、言うな……！」

ニコラは怒りとも悲しみともつかない激情に駆られて、気付けば声を荒らげていた。

みっともなく上擦《うわず》る声に、情けなく震える唇に。

どれだけ吸っても酸素が足りずに焦る呼吸に、眩暈《めまい》のする頭に。

自分の余裕の無さをまざまざと思い知らされて、感情は掻《か》き乱されるばかりだ。

たった一枚、扉を隔《へだ》てているだけだ。なのに、随分と遠くにジークハルトの存在を感じてしまう。

それがまるで世界の隔絶にも思えて、息が苦しい。

二人の間には、深くて渡れない河があるような心地がした。さもなければ、宇宙に散らばった星と星だろうか。近くに見えても光年単位で離れていて、間に横たわった空間を曲げてくっつけでもしなければ、永遠に出会うことはない。そんな途方もない隔たりが、ひどく恐ろしかった。

あまりに弱々しいその言葉は、言葉として形を成していたのかも分からない。口からまろび出たのは、もはや愛だとか恋だとかいうものよりも、もっとひどく、捻《ねじ》れた想いだ。

「――おいてかないで」

それは、うっかり冬まで生き残ってしまった蚊のような、か細い声だった。

次いで、引き攣《つ》れるように、喉《のど》の奥を引っ掻くような笑いが漏れる。

あぁ、なんだ。そういうことかと、納得している自分がいた。

剝《む》き出しになった感情に、この数時間ずっと、不自然なまでに不安定だった己の情緒《じょうちょ》に、その原因に、ニコラはようやく思い至ったのだ。

あぁ、なんと愚鈍《ぐどん》なのだろう。なんと滑稽《こっけい》なのだろう。ニコラは自虐的《じぎゃくてき》に顔を歪めて、はは、と乾いた笑みを零《こぼ》した。

「…………依存していたのは、私か」

言葉にしてしまえば、それはひどくあっさりと腑《ふ》に落ちるものだった。

2

ニコラにとって己の前世は、六花《りっか》の人生は、とりわけて不条理と呼ぶべきものではなかった。

残念ながら、家族運には恵まれなかったが、親を恨む気持ちはそれほどない。

異質なのは、むしろ自分の方だったのだから、仕方がなかった。薄気味の悪い子どもだったという自覚なら、嫌というほどにあるからだ。

何せ、四方八方に怯《おび》え、警戒し、小さな物音ひとつにもビクつく子どもである。

周囲の大人が虐待《ぎゃくたい》を疑うのも無理はないし、謂《いわ》れのない嫌疑《けんぎ》をかけられ続けた両親もまた、さぞかし苦労したことだろうと思う。

やがては愛情と関心が尽きてしまったのも、無理からぬことだと理解できるからだ。

六花は同じ視界を共有できる師や弟弟子に出会えたことで、少なくとも孤独ではなかったし、馴《な》れ合うことこそしなかったが、互いが互いの理解者だった。身内と呼ぶべき彼らと出会えたことは、確かな幸《さいわ》いだと思っている。

祓い屋として未熟なうちは、学校には通わないことを選択したが、色々と誤魔化《ごまか》し続ける面倒を思えば、それほど後悔もなかった。

身内と依頼人だけで完結している小さな世界であったけれど、六花は存外、自分の人生に満足していたのだ。――ところが、である。

突然何者かに殺されたかと思えば、言語も文化圏も全く異なる異世界に放り出されて、理由も分からないまま、第二の人生を歩むことになったのだ。

怯《おび》えて泣くより先に祓ってしまえる今世は、確かに前世よりも生きやすかった。

先んじてこっそり祓ってしまえば、普通の子どものフリが出来たからだ。実際、今世の両親とは良好な関係を築けていると思っている。けれど、その一方で。

今世の両親との間に生まれるはずだった〝真に普通の子ども〟の居場所を奪ってしまったような負い目を感じていることも、また事実だった。だからこそ、遠慮や疎外感が、心の奥底ではどうしても拭えなかった。

その上、心と身体の乖離《かいり》からくるストレスもまた、甚大《じんだい》だったのだろう。

前世の精神や思考は、どう足掻《あが》いても幼児の肉体には収まらない。考えや行動を上手《うま》く発露できないストレスに、発露してはならないストレス。

発散することのできない鬱屈《うっくつ》は、澱《おり》となって溜《た》まりゆく一方だった。

身内もいない、寄る辺のない異世界で。どうして生まれ直してしまったのかも分からずに、身体に合わぬ魂を持て余して。どこか、生きている実感も、生きている意味も曖昧《あいまい》だったのだ。

積極的に生きる理由もないけれど、積極的に死ぬ意味もない。

そんな、一番不安定な時期に出会ってしまったのが、ジークハルトだった。

死霊や生霊《いきりょう》、動物霊、神や妖精の類《たぐい》から、果ては怪異に至るまで、とにかく何でも惹《ひ》きつけてやまない幼な子を前に、ニコラは思ってしまったのだ。

あぁ、この子を守るためになら、生きてやってもいいかな、と。

目を離せばすぐにでも彼岸《ひがん》に渡ってしまいそうな幼な子に、自分が守ってやらねばと、勝手に生き甲斐《がい》を見出《みいだ》して。無意識に、この世界に根を張る口実にしてしまった。

前世の身内は大事だったけれど、彼らは自分が守らずとも生きていけた。

依頼人は、貰《もら》った報酬《ほうしゅう》分は守るけれど、それまでだ。依頼人を守ることは、きっと生き甲斐ではなかった。

誰かに必要とされることは、ニコラにとって、前世と今世を合わせても初めてのことで。

だからきっと、自分が必要とされることに、溺《おぼ》れたのだ。

ジークハルトの命が懸《か》かった場面では、自分の命を投げ打つ選択肢を選ぶことに、躊躇《ちゅうちょ》がなかったことも。ジークハルトが殺される可能性を前に、無様《ぶざま》なまでに取り乱してしまうのも。

それもこれも、自分の生きる軸《じく》を『ジークハルトを守ること』に定めてしまったからだ。

客観視してみれば、自分の精神構造の、なんと危ういことか。

引き攣れた喉で、ニコラは自分で自分を嘲《あざわら》った。

幼いジークハルトはといえば、そのことに気付いてしまった時、気が気ではなかったことだろう。

生きることに対する執着の希薄《きはく》な人間が、『自分を守ること』を生きる軸に据えてしまったのだ。

その上、本人には全くその自覚がないときた。

ジークハルトからすれば、それはもう、危なっかしくて見ていられなかったに違いない。何とかしてニコラの生を引き留めようと、彼もまた必死だったのだろう。

けれど、だとしたら、分かっているはずだ。

ジークハルトが居ないのであれば、積極的に生きる理由もないけれど、積極的に死ぬ意味もない、惰性《だせい》で生きる人間に戻るだけだ。いや、むしろ死ぬ理由なら、見つかったとさえ言っていい。

「……貴方《あなた》の居ない世界なら、私も後を追うかもしれないとは、考えないんですか」

どこのヤンデレだ、と我ながらドン引きしながら零《こぼ》した問いは、しかし柔らかい苦笑によって受け流されてしまう。

「確かに少し前までだったら、考えただろうね。でも、懐《ふところ》に入れた人間の為になら、守ろうとするものがあるうちは、ニコラはそれを捨てられない。ニコラの内側の範囲は、もう既に広がっている。だから、大丈夫だと思えるよ」

見透かしたようなその言葉に、ニコラはぐっと奥歯を嚙《か》み締めた。

あぁ、確かにそうだろう。アロイスやエルンストが何かしらに困っていたら、きっと口では何だと言いながらも、手を貸してしまうに違いない。その程度には、もう縁《えん》は結ばれてしまっている。

半《なか》ば強引にでも、ニコラを彼らに関わらせたその理由が、ニコラに生きる縁を結ばせる為だったというのなら。なるほど、ジークハルトの目論見《もくろみ》通りだろう。

ニコラを好いているというのなら、ずっと自分に依存させておけばいいものを。そうしなかったことが、ジークハルトの誠意でもあり、残酷さでもあるからタチが悪い。

「……返品不可だと、言ったのに」

「私が生きているうちは、ね。……だけど、置いて逝《い》くことになるのなら、その限りじゃない」

少しだけ潜《ひそ》められた、どこか困ったようにも聞こえる声だ。

聞き慣れているはずの声は、どうにも心を乱して仕方がない。これ以上聞きたくないというのに、けれど幼馴染は、無情にも言葉の続きを紡《つむ》いでいく。

「『幸せになって欲しい』『幸せであって欲しい』と思うことは、愛だと思う。けれど『自分が幸せにしたい』と思うことは、単なるエゴだ」

「そんなの、エゴかどうかなんてっ！」

言い募《つの》ろうとした言葉は喉に引っかかって、はく、と空気だけを零した。

『自分が幸せにしたい』と思うことがエゴかどうかなど、そんなものは受け取り手がどう思うか次第だ。けれど、自分はジークハルトの思いに対して、一体どれほどの答えを返したというのだろう。

愛情を注がれることは、存在の肯定に等しい。それが、自分の想う相手からであれば、尚更《なおさら》だ。

最初こそ気恥ずかしく落ち着かなかった睦言《むつごと》にだって、今では安堵《あんど》や喜びを感じるくらいだ。

けれど、自分はそれを、どれくらい言葉に表しただろう。

「嫌ではないか」という問いに、「嫌じゃないことくらい、分かっているだろうに」と、そんな可愛げのない言葉で濁してばかりではなかったか。

「嫌じゃない」どころか、むしろ好ましいと、伝えてあげたことが、一度でもあっただろうか。

言葉にしなくても大体の機微《きび》は読み取ってくれるからと、甘えて胡坐《あぐら》をかいてはいなかっただろうか。自問すればするほどに後悔は際限なく募って、どうしようもない。

「あぁ、本当に……」

救えない。ニコラはくしゃりと前髪を握り潰すように掻《か》き上げながら、呻《うめ》くような声を零した。

ジークハルトが時折「嫌ではないか」と否定疑問文で問うのは、たぶん根底に『感情の押し付け』に対する忌避感《きひかん》があるのだろう。望まぬ好意を寄せられ続けた結果、転じて自分が誰かに感情を押し付けることを、彼は無意識にでも恐れているのかもしれなかった。

この幼馴染も、大概歪《いびつ》に育ったものである。ニコラは少しだけ苦笑を零して、それから静かに口を開いた。

「……本当は、貴方に伝えてあげなきゃいけなかった言葉を、私はたくさん持ってるんでしょう」

どんなに長い付き合いでも、どんなに気心の知れた相手でも、所詮《しょせん》は他人だ。

人は、言葉なくしては繋がれない。言わなければ、言葉にしなければ、肝心《かんじん》なことは伝わらない。

それでも、伝えるべきは、こんな扉越しでは決してなかった。

「扉越しではなく、面と向かって、ちゃんと言わせてください。……こんな後悔と心中するなんて、私は真《ま》っ平御免《ぴらごめん》ですから」

他の人間と幸せになど、誰がなってやるものか。そんな意を込めて、ニコラははっきりと言い捨てる。この言葉の意図を、分からない幼馴染ではないはずだった。

「聞きたければ、私を生涯《しょうがい》独身にしたくないのであれば。もしもの時の覚悟なんて決めてないで、知恵を貸してください」

処刑という未来が、どれくらい現実味のある話なのかなど、ニコラは知らない。

ニコラよりも政治や外交を理解しているであろうジークハルトには、もっと具体的な確率が予想できているのかもしれない。それでも、そんなもの知ったことか。

この男が傍《そば》にいない未来など、考えたくもない。考える必要もない。

だからこそ、やはり『もしもの話』など、無意味だった。

「……本当に、ニコラには敵《かな》わないな」

少しの沈黙の後、吐息と共に吐き出された言葉は苦笑交じりだ。

扉の前に座り込んだままのニコラには、それでも幼馴染の表情なんて手に取るように分かった。それは向こうとて同じ事だろう。見ずとも分かるほどに近い距離で過ごしてきた時間があるというのも、悪い事ばかりではないらしい。

「じゃあ、ニコラたちの見解を教えてくれるかな」

僅かに衣擦れの音がして、幼馴染が居住まいを正したのが分かる。ニコラも湯たんぽ代わりのジェミニを抱え直して、順を追って説明を始めた。

3

「……ジークハルト様と副会長の二人しか鍵を持っていなかった以上、やっぱり真犯人は副会長なのでは、と思います。現に、ジークハルト様を準備室に呼び出したのも、彼女なわけですし……。彼女のアリバイがあやふやな、ファーストダンスの二十分間。これも、死亡推定時刻の範囲に収まります」

発見時、遺体にまだ温もりがあったからといって、死亡直後であったとは限らない。

『死後三十分から一時間程度であれば、誤差の範囲だろう』というのは、死体を検《あらた》めたエルンストも認めるところだった。

アロイスたちが遺体を発見したのは、舞踏会が始まってから三十五分〜四十分が経過した頃合《ころあい》のこと。鍵を所持している副会長であれば、ファーストダンスの間に殺害して、セカンドダンスまでにホールへ戻ることは可能だっただろう。

凶器を引き抜かない限りは、凶器自体が傷口の栓《せん》になって、派手に返り血を浴びることもない。突き刺した後すぐに身を離せば、ドレスを汚すことも回避できたはずだ。

長手袋でもしていれば、血で汚れても裏返すか外すかして、隠してしまうことも容易だったに違いない。

「ただ……そうすると、ここでひとつ、厄介な問題が持ち上がります……」

それは、アロイスやエルンストたちが目撃した、美術室の窓から漏《も》れる明かり。そして明かりに気付いた後で聞こえ始めた、何者かと争うような、花瓶や壺《つぼ》が割れる物音だ。

これらは、副会長に共犯者でもいたとすれば、一部の説明はつくのだろう。

美術室には被害者と共犯の実行犯がいて、アロイスたちは共犯者の持つ明かりを階下から目撃。そして、被害者と揉《も》み合った末に殺害したのだろう、と。

ただ、美術室の扉には鍵がかかっており、隣の準備室にはジークハルトがいたのだ。

ジークハルトが内扉を通って、美術室に踏み込むよりも先に。そして、階段を駆け上がってくるアロイスたちが、美術室に辿《たど》り着くよりも先に。共犯者が美術室に施錠をした上で、鍵を副会長に返却するというのは、さすがに不可能だろう。

むしろ、美術室には最初から明かりを持ったジークハルトと被害者がおり、揉み合って花瓶や壺を割ってしまった。そして、それをアロイスたちが見聞きしてしまった、と見る方が自然なのだ。

正直なところ、ジークハルトが無実だという視点に立脚するからこそ、状況は困難を極めているといえる。

いっそ人の理の埒外《らちがい》――人外の存在による仕業《しわざ》であればとも思うが、残念ながら、ニコラたちが学内で泳がせているのは、七不思議の怪のみだ。そしてそれらも、未《いま》だ存在は薄弱《はくじゃく》なもの。人に害を為すどころか、ニコラたちの目にも薄らぼんやりとしか映らないような段階である。そんな、実存すら曖昧《あいまい》なモノに何かできるとも思えなかった。

「そういう訳で、八方塞《ふさ》がりな状況ですね……」

一通りの説明を終えたところで、ニコラは腕の中のジェミニと共にため息を吐いた。

先ほどから、本物の猫なら怒りそうな力加減で抱き込んでしまっているような気もするが、当の使い魔はといえば、黒猫の輪郭《りんかく》を曖昧にさせて、されるがままだ。

もはや猫っぽいナニカを撫《な》でながら、ニコラはふと「そういえば……」と呟いた。

「私が美術室の現場に呼ばれた時、何かに違和感を覚えたような気がするんですよね……。でもそれが何なのかは分からなくて」

ジェミニを撫でる手を止めず、ニコラは記憶を浚《さら》うように虚空《こくう》を見つめ、首を傾《かし》げた。

確か、最初に目に入ったのは、ひどく争ったような形跡だ。

床には静物模写のモチーフだったのだろう。割れた白磁の壺や、硝子《ガラス》の花瓶の破片が散乱していて、花瓶の中身と思われる水が床に水溜《みずたま》りを作っていたように思う。

花瓶が落ちる時に当たったのか、イーゼルや乾かしかけのキャンバスがいくつか倒れていて、その中央に、人型を象《かたど》るように白い枠線が引かれていたはずだ。その枠線の外側に、破片の残骸が散らばっていたことも、朧《おぼろ》げに思い出せる。

ニコラの呟きを耳敏《みみざと》く拾ったジークハルトは「それなら、多分」と言葉を返した。

「ニコラが感じた違和感のひとつは、遺体の位置を象った枠線の外側に、破片が散らばっていたことじゃないかな」

「言われてみれば、そんな気もするような、そうじゃないような……？」

ニコラからすれば、違和感の正体や原因を上手く言語化できるのなら、苦労はしていないのである。

煮え切らない返答をすれば、ジークハルトは苦笑しながら言葉を続けた。

「破片が散らばっていたのが、遺体の枠線の外側だったということは、ね。花瓶や壺は、既に遺体が横たわっている状態の上で割れたことになる。花瓶や壺の割れる物音が、誰かと争っていた音だというのなら……それはやっぱり不自然だ」

言われてみれば、確かにジークハルトの言う通りだ。被害者が既に横たわっている段階で割れたものが、被害者と何者かが争う音であるはずもない。

「じゃあ……やっぱり割れる音が鳴っている時点で、被害者はもう死んでいた……？」

だがジークハルトは、音が鳴り止《や》んだ直後に美術室へ踏み込んだと言っていたはずだ。

では、花瓶や壺を割った何者かは、どうやって鍵のかかった美術室から消えたというのだろう。

困惑するニコラをよそに、ジークハルトは淡々と言葉を紡いだ。

「遠隔《えんかく》から花瓶や壺を割ることは……可能か不可能かで言えば、たぶん不可能じゃない」

どういうことだと目を瞬《またた》くニコラに、ジークハルトは続けた。

「そうだね……。たとえば、花瓶や壺に少量の水を入れて斜《なな》めに立て掛け、その状態で凍らせるとする。それを棚からはみ出した不安定な状態で置けば、どうなると思う?」

氷が斜めに張った壺を、ニコラは頭の中で想像する。

水が偏《かたよ》った状態で凍った壺は、当然ながら、壺全体の比重も偏るだろう。その、重心が偏った状態の壺を、棚から少しはみ出すように置いておけば、どうなるか。

「直《じき》に氷が溶けることで、重心が変わる……。花瓶や壺はバランスを崩して、時間差で落ちる……?」

「そう、その通り。だからこそ、ニコラが感じた違和感のふたつ目は、床に溢《あふ》れた水だったんじゃないかな」

言われてみれば、確かにそうだ。床の水は花瓶の中身だろうと思い込んでいたが、花を生《い》けていないのであれば、水は不要だろう。

花が破片と一緒に散乱していないのに、花瓶に水が入っていたというのは、思えば妙な話だったのだ。

蓋を開けてみれば、案外簡単な物理法則ではある。

可能か不可能かで言えば、確かに不可能ではないのだろうが。

「……よく思い付きましたね、そんなこと」

「〝音が鳴り止んだ直後に、美術室へ踏み込んだ〟〝その時すでに、犯人の姿はなかった〟なんて証言が、客観的に見て全く信用されないことは、重々承知しているけれど……それが事実だということを、自分だけは確信しているわけだからね。じゃあ、どうやったらこの状況を両立させられるかな、と考えただけだよ」

幸い、考える時間だけはあったから、とジークハルトは苦笑する。

「とはいえ、狙い通りの時間に落とすには、かなりの実験とシミュレーションを重ねる必要があるだろうけれど、ね。現実的かどうかは、微妙なところかな」

最後にひと言付け加えると、ジークハルトは細く息を吐いた。

先月から雪の降り積もるこの国では、一晩置いておけば、水は簡単に凍るだろう。けれど、室温が何度の時に、何分で氷が溶けて、花瓶や壺が落下するのか。

そんな実験を、執念深く、何度も何度も繰り返す様を想像した時——。ニコラは慄《おのの》くと同時に、妙な既視感《きしかん》に思い至った。ぱちり、とパズルの欠片《かけら》が嵌《はま》る感覚に、思わず目を見開く。

まるで無関係だと思っていた二点が、ひとつの線で繋《つな》がったような気がしたのだ。

「……ポルターガイスト」

——曰《いわ》く、一階の女子トイレには夜中、辺りを照らす人魂が彷徨《さまよ》っていて、夜な夜なポルターガイストが何かを割るような音を響かせている……というのを目撃した生徒がいるらしい、だとか。

——なぁ聞いたか？　一階女子トイレの、辺りを染め上げる人魂と、ポルターガイスト。

——聞いたよ。夜中トイレに行った男子生徒が、遠目に目撃したらしいね。

——七不思議の三つ目と四つ目だな。

「その実験とシミュレーションを、彼女が繰り返し行っていたとしたら……？　だとしたら、来歴不明の七不思議に、説明がつく……？」

本当はずっと、気になってはいたのだ。

口承・伝聞によって流行するというセオリーから外れた、来歴の不明な新しい噂話《うわさばなし》。それは一体なぜ、流行するに至ったのか。一体、誰が語り出したのだろうか、と。

もしも仮に、人魂とポルターガイストの騒音を、実際に見聞きした生徒が存在したとして。

その生徒は、一体何を目撃したのだろう。

何せ、視《み》える人間の視界を通してさえ、まだ罔両《もうりょう》とした、実存もあやふやな段階のソレだ。ニコラの視界を以《もっ》てしても、まだ光るようにも見えなければ、物を割れるほどにも育っていない、不安定で頼りない存在である。だというのに、その光景を見たという生徒がいる。

「……逆なんだ。怪異が目撃されたから、噂《うわさ》になったんじゃない。その光景が目撃されたからこそ噂になって、その噂が怪異の種になったんだ……」

◇

噂をすれば影が立つ。影が立てば実となる。

『七』不思議の始まりは、間違いなく弟弟子だったのだろう。

弟弟子は、三ヶ月ほど前の旅行を経て、エマとの入れ替わりを思い付き、使い魔としてのドッペルゲンガーを欲するようになった。

そこで、使い魔の育成と、エマとの入れ替わりの練習を兼ねて『ドッペルゲンガー』と『赤い紙・青い紙』を七つの不思議議として流し始めたのだろう。

もともと、不定期に流行《はや》っては廃《すた》れる、学校の怪談話だ。シャルが行ったのは、怪談話の上限を七つに設け、そのうちの二つを事前に埋めた状態で流布《るふ》しただけ。

メディア社会でもない限り、こういった類《たぐい》の話は親兄姉からの口承によって伝承され、同じ怪談が延々と語り継がれるもの。シャルのように、何らかの意図を持って流布する場合を除けば、勝手に全くの別物に置き換わることは、そうそうない。

だからこそ弟弟子としては、空白の五つはいずれ、元から存在する怪談話が埋めると思っていたのだろう。ところが意外にも、最初に空白を埋めたのは旧版の怪談話ではなく、新しい噂話だった。

『西塔から飛び降り続ける女子生徒』である。

これに関しては、エルザが入学早々に、姉を自殺に追いやった人間を怖がらせようとして流布した噂だ。シャルと同様に、意図を持って流した形である。

これは、シャルが七不思議を広めるよりも前から流行っていたからこそ、穴あきの七不思議の空白を真っ先に埋めたことだろう。では、次に空白を埋めたのは、何だったのか。

今度こそ口承で伝わった旧版の怪談話かと思いきや、きっとそれも違ったのだろう。

何せ親元を離れた、全寮制の学校である。親兄姉からの伝聞が回るには、ある程度は時間の経過が必要だ。

では、その間に、在校生による新しい怪談の目撃談が出回ったとしたら、どうだろうか。

数年前、場合によっては数十年前の卒業生からの伝聞より、ここ最近の目撃談の方が、生徒の口の端《は》には上りやすいに違いない。

おそらく親兄姉の知る怪談話が出揃《でそろ》うのを待たずに、新しい目撃談が空白の項目を塗り替えてしまったことだろうと、ニコラは思う。

・西塔から飛び降り続ける女子生徒
・校内を徘徊《はいかい》するドッペルゲンガー
・赤い紙・青い紙
・ポルターガイスト
・辺りを染め上げる人魂

こうして穴あきの七不思議は、弟弟子の目論見《もくろみ》を外れ、先に新規項目ばかりで大半が埋まったのだ。

そして、最後にようやく余った二枠が、旧版の『音楽室を這《は》い回る手首』『引き摺《ず》り込まれる大鏡』

によって埋められたのだろう。

ニコラが七不思議にまつわる経緯と推論を全て話し終えると、ジークハルトは得心がいったように頷《うなず》いたようだった。小さく聞こえる衣擦れの音に、ニコラもまた身じろぎする。

「なるほど……。彼女が一階の女子トイレで、花瓶落下の実験を行っていたとして。トイレなら、割れた花瓶の破片を処理すれば、濡《ぬ》れた水の形跡を隠すのは容易だっただろうね……」

「校舎の鍵は、生徒会で所蔵しているものがあるんですよね？」

「あぁ。たぶん彼女なら、自由に持ち出せただろうね。夜の校舎に忍び込むことは可能だったと思う」

だとすれば、少なくとも遠隔から花瓶や壺を割ることは、可能だということになる。

「じゃあ、あとは音が鳴り止むより前に見えていたっていう、美術室の明かりを説明できれば……？」

ニコラの呟きに、ジークハルトは考え込むような気配を見せる。

しばらくの沈黙を置いてから、ジークハルトは静かに言葉を返した。

「ニコラ。確かめて欲しいことと、探して欲しいものがある。頼めるかな」

「はい」

断る理由は当然ない。ニコラは二つ返事で大きく頷いた。

やがて一通りのやり取りを終え、ジェミニを抱いたままに立ち上がる。やるべきことが明確になった以上、ここに留《とど》まる理由もなかった。

ニコラはくるりと踵《きびす》を返しかけて、ふと思い立って立ち止まる。小さく息を吸うと、意を決して口を開いた。

「……あぁ、それから。もしも、足掻《あが》いてみた結果、それでも処刑が確定になったとしたら……。その時は、二人で駆け落ちでもしたらいいんです」

ニコラはそう言って、挑戦的に口角を上げてみせた。

確かに、ニコラの内側はいつの間にか、広がっていたのだろう。

守ろうとするものがあるうちは、ニコラはそれを捨てられない。この世界に根を張る口実は、もうニコラの中に根付いてしまった。きっともう、後を追うことを考えたりはしないのだろう。

拠《よ》り所がひとつしかないことは依存だが、拠り所が複数あることは自立だ。そういう意味では、ニコラは今、ようやく自立し始めたばかりなのかもしれない。だが、そんなことはどうでもいい。

この先、ニコラが精神的にどれだけ自立しようとも。

それでも、隣にこの男がいないのなら、やっぱり意味はないのだ。

後を追わない代わりに、意地でも生かす。そして隣を生きてもらう。それがニコラの新しい矜持《きょうじ》だ。

高飛びでも駆け落ちでも、何だってやってやる。

「エゴ、上等です。愛した人を救えなくて、なにが女だ」

小っ恥ずかしい啖呵《たんか》を、ニコラは敢えて後戻りできないように叩《たた》きつける。けれど、これ以上は、面と向かってしか言ってやらない。

伝えてこなかった後悔も、伝えるべきだった言葉も、こんな扉越しでは絶対に伝えない。

それでも、この想いと心中するつもりも毛頭ないのだ。ニコラは今度こそ、振り返ることなく歩き出した。

4

エルンストはといえば、見張りの交代までまだ時間が残っているという。仕方なく一人で生徒会室へと戻れば、何やら気安そうに会話をするアロイスと弟弟子がいた。

シャルは腕を雑にアロイスの肩へと回していて、ザ・男友達の距離感といった様子である。

エマはその光景を微笑《ほほえ》ましそうに眺めているが、果たして彼らはそれほど仲が良かっただろうか。

シャルはアロイスを「王子サマ」と呼んだり、エルンストを「騎士のオニーサン」と呼んだりと、ある程度の距離を置いて接している印象があったのだ。一体どういう風の吹き回しなのだろうと思ってしまうのも、仕方がない。

おまけに弟弟子は、ニコラの顔を見るや否や「うげっ」と言わんばかりの表情を浮かべるのだ。

「……何その顔」

「何って〝人のふり見て我がふり直せ〟痛感フェイス……？」

「何だそりゃ……」

「客観的に見て、オレってこんなに危なっかしかったのかーって自覚して、恥じ入ってるとこ」

「……いや、どういうこと？」

ますます意味が分からずに首を捻《ひね》っていれば、シャルはお手上げというように両手を挙げて、肩を竦《すく》めてみせた。

「いや、お前がいない間にさ。オレ、お前のこと茶化してたの。『あんなに取り乱すなんて、よっぽど惚《ほ》れ込んでるんだろうなー。意外と依存してんだなー』って」

だって、身内の色恋なんて格好のネタじゃん、と悪びれもせずに言う弟弟子は、だがしかし、すぐに苦笑して言った。

「でもさ、そしたらねーちゃんに窘《たしな》められたワケよ。依存なら、オレの方がよっぽど重症ですよ、って。そんで、オレも色々自覚したってこと」と。そして、オリーブ色の瞳と目が合う。

「多分、オレもお前とおんなじだった。精神的に一番不安定な時期に、恩義まで感じちゃってさ。ねーちゃんのためになら、生きてもいいかなって、生きる軸《じく》にしたんだ。だから、多分ねーちゃんが死ぬかもって状況になったら、今回のお前みたいに取り乱すと思う」

そんで、お前と違って、今だってねーちゃん以外に軸がない。確かにお前よりよっぽど重症だわ。

そう、しみじみと呟く弟弟子に、ニコラはつい目を丸くした。

だが、やがては小さく苦笑を零す。前世も今世も、血の繋がりなどないというのに、変なところだけが似た者同士だ。

「ま、そういう訳で、自分の精神構造の危うさは自覚したからさ。依頼料なんか貰《もら》わなくても、困ってたら助けてやってもいいかなーと思えるような、そういう相手をもっと増やそうと思ったんだよ。んで、手始めに、ちゃんと友達になってみよう、みたいな?」

横目にアロイスを見遣《みや》ったシャルは、憑《つ》き物が落ちたように屈託《くったく》なく笑った。

「なぁ。オレはさ、お前の幼馴染さんとだって、仲良くなってみたいと思ってんの。だから、こんな状況、さっさと打開してやろーぜ」

シャルの言葉に、アロイスやエマも小さく頷く。ニコラもまた頷き返して、アロイスたちの傍《そば》に歩み寄った。新たに増えた情報を共有して、それからニコラは顔を上げる。

「……美術室に行きましょう」

◇

霜の降りた廊下の窓を、吹雪《ふぶき》がガタガタと揺らす。手燭《てしょく》の炎を頼りに、四人は無言で歩いた。

暖炉のない廊下は底冷えしており、吐き出した息が白く染まる。

時刻は間もなく日付の変わる頃合で、朧《おぼろ》げに見える寮にはもはや、灯《とも》る明かりもない。

校舎に残っているのは、事情を知る一部の教師と、第一発見者となった生徒たちだけなのだろう。

校舎全体が、不気味な静けさに沈んでいた。

「そういえば」

少しでも暖を取るために、身体は手燭の炎に引き寄せられる。

自然と近くなった立ち位置で、弟弟子はぼそりと呟いた。

「お前は結局、一度も例の悪魔が関与したかもとは疑わなかったんだな」

悪魔とは、人間に召喚され、願いを叶えるための代償《だいしょう》を対価に、その願いを悪戯《いたずら》に叶える存在だ。人の理《ことわり》の埒外《らちがい》に存在する悪魔が、人間に手を貸していたというのなら。シャルの言う通り、確かに人には不可能な状況下でも、殺人は可能だったのかもしれない。

かつて、人間と悪魔が手を組んでいた例を、ニコラは確かに知っている。けれど、ニコラは苦く笑って首を横に振った。

「もともとオリヴィアは、視える側の人間だったよ」

前世でも今世でも、彼女は人外の存在を視認することが出来た。

だからこそ不遇《ふぐう》な世を呪う羽目になり、悪魔を召喚して転生を願い――そして、悪魔の口車に乗せられて、蠱毒《こどく》を用いて人を呪った。

なまじ視る素質があったからこそ、前世では悪魔の召喚に成功してしまったし、今世では悪魔の手のひらの上で踊らされてしまった。

だからこそ、副会長とは根本的に違うのだと、ニコラはそっと目を伏せる。

「視えない副会長を相手に、あの悪魔が干渉する術《すべ》はないよ。あの悪魔はさ、オリヴィアっていう割と唯一無二の玩具《おもちゃ》を、もう使い潰してしまったんだ」

ニコラは淡々と、アロイスやエマには聞こえないように小声で呟きを返した。

だが弟弟子はといえば、怪訝《けげん》そうに眉を寄せて言う。

「そいつが唯一だったかどうかなんて、分かんなくね？　だって現に、ねーちゃんやアロイスさんたちは、後天的にでも視えるようになってるワケだし。視える人間自体は、この世界にだっているじゃん」

「……でも、殿下もエマさんも、転生者ではないでしょ。視えれば誰にでも召喚できる、なんて単純な話でもない」

アロイスもエマも、或《あ》いはジークハルトも、確かに悪魔の存在を視ること自体は出来るかもしれない。けれど、悪魔というのは大前提として、人間に喚《よ》び出されなければ、その世界に干渉できないのだ。

あとはもう、皆まで言わずとも分かるだろう。そう思って弟子に目を向ければ、シャルは未《いま》だ釈然《しゃくぜん》としない顔で、首を捻っている。

ニコラもまた、伝わっていないことに首を傾げながら、再度口を開いた。

「ねぇシャル……この世界の宗教って、知ってる？」

「え、宗教？　ここ西洋をベースにした世界なんだろ、キリスト教系がメインじゃねーの？」

唐突なニコラの問いに、シャルは不思議そうにそう答える。

なるほど、噛み合わない会話の原因はこれか、と内心で独《ひと》りごちて、ニコラは続けた。

「この世界の宗教は、独自の多神教だよ。日本の記紀神話や、ギリシャ神話みたいな、ね」

「へ？　そーなん？　なんで？」

「……じゃあ聞くけど、悪魔特攻といえば、なに？」

「そりゃ、教会、聖書、聖水に――って、あぁ、なるほど」

指を折りながらつらつらと並べ立てていたシャルは、やがて得心がいったように頷いた。

「自分で世界を自由に構築できるのに、わざわざ自分の天敵まで再現はしない、ってことか」

ニコラもまた、「そういうこと」と肯定しながら静かに頷いた。

「『思考は言語によって形成される』に近いかな。ほら、言語にない概念は、思考の判断材料にならないって言うでしょ。たとえば好き嫌いがないという人間にとって『食べたことがないもの』は、好き嫌いの範疇《はんちゅう》に入らない。存在すら知らないんだから、当たり前だよね」

そしてこの世界に、キリスト教系由来の『悪魔』という概念は存在しないのだ。存在すら知らないのだから、召喚しようなどという発想に至るはずもない。

「一応聞くけど、悪魔を召喚したいなんて欲求、ある？」

ちらりと横目にシャルを窺《うかが》って、ニコラは小声で問うた。悪魔の存在を認知しているニコラやシャルであれば、召喚することは恐らく可能だからだ。

だが、シャルは軽く眉を上げると「まさか！　そんな分の悪い賭けになんか、出ない出ない」と肩を竦める。

「六法全書より分厚い契約書面を用意したって、重箱の隅をつっつくよーな揚げ足を取られるのがオチだぜ？　リスクに対して、リターンが見合わなすぎ！」

シャルはめちゃくちゃ嫌そうな顔をして、口元をひん曲げた。流石《さすが》は、オリヴィアに対する嫌がらせの為だけに、乙女ゲームの主人公ポジに据えられてしまった男である。

オリヴィアはかつて、この乙女ゲームの世界への転生を願った。わざわざ「主人公として」転生させろと明言しなくても、彼女は伝わると思ったのだろう。

だが、そういう詰めの甘さを嬉々《きき》としてあげつらい、曲解《きょっかい》し、むしろ彼女が贄《にえ》として殺した存在

（挙句《あげく》の果てに男の方）を、彼女がなりたかった主人公に据《す》える。そういう無邪気な悪意に満ちた存在が、悪魔なのだ。

人間の不幸こそ、愉悦《ゆえつ》で至高。存在自体が邪悪タイプ。

悪魔という種がどんな存在であるか、それを知っている人間ならば、まず悪魔と契約しようとは思わない。

そういう訳で、この世界で悪魔と接触することが出来るのは、第一に、キリスト教が存在している世界線の記憶を持っていること。第二に、人外の存在を視る素養があること。第三に、人外の存在に対して無知であること。

以上の三つが、必要最低条件なのだ。案外、条件を全て満たせる人間は稀有《けう》なのである。

その一方で、悪魔としても、オリヴィアという玩具《おもちゃ》を使い潰してしまった現状において、この世界に直接干渉する術《すべ》は失われてしまっていた。

何しろ、悪魔という概念を知っており、かつ存在を視ることが出来るニコラやシャルは、まず以《も》って悪魔を召喚しようとは考えない。

しかし他の人間に召喚してもらおうにも、この世界の人間の頭の中には、悪魔という概念自体が存在しない。存在しないモノを喚ぼうという発想になることも、到底ありえない。

「前の、コトリバコの一件って、かなりレアケースだった感じ？」

「まぁ、そういうことになるね」

悪魔は世界を構築する段階で、コトリバコの作り方を記した書物を混ぜ込んでいたのだろう。

だが、それを目にした人間が実行に移すか否かは、あくまでも人間次第だ。

悪魔からしても、この世界は良くも悪くもその手を離れてしまっている状態なのだと、ニコラはそう推測していた。

「今んとこ、悪魔って概念自体がこの世界に存在しないのは、まぁ分かった。……でも、この世界の宗教観の中で、悪魔に類似した概念が生まれたとしたら？　どっかの誰かが召喚に成功することも、ありえなくはないんじゃね？」

確かに、この世界の宗教観の中で悪魔に類似した概念が誕生したのなら、第一の条件である『前世の記憶を持っていて、キリスト教由来の悪魔について知っている』必要はなくなる。

だが、ニコラはその問いに対しても、首を横に振った。

「ところがどっこい。その可能性は、結構低いと私は思ってる。何故なら、悪魔みたいな『邪悪に振り切れた存在』と『多神教』っていうのは、相性が悪すぎるから」

「えー、なんで？」

間髪《かんぱつ》を入れずに問い返すシャルに、ニコラは小さく嘆息する。

理論をすっ飛ばして理解しようとする、感覚派の弟弟子は、しばしば思考を放棄する節がある。

少し考えれば自明のことなのにな、などと思いながら、ニコラは渋々と口を開いた。

「要するに、神様に対する考え方の違いだよ。……ほら、たとえば日本の八百万《やおよろず》の神様っていうのは、それぞれ自分の意志で動いてて、たまに人間にも構ってくれるって感じで、別に人間のために存在している印象じゃない」

ギリシャ神話だってそうだ。神様同士の喧嘩《けんか》で山脈をぶん投げたり、人間相手に不倫をしては、嫁神との痴話喧嘩《ちわげんか》に人間を巻き込んでみたり。

気まぐれに人間と関わっては、恩恵を授けたり、厄災を振り撒《ま》いてみたりと、とにかくやりたい放題である。彼らが善なる存在かと言われれば、正直、微妙なところだ。

いやむしろ、神が複数いるからこそ、一柱一柱が善では成り立たないのかもしれない。どれか一柱だけ善でも、全てが善でも、収拾がつかなくなるからだ。

「でも、一神教の神様っていうのは、信者に正しいことを教えて導く存在で、裁きやら救済やらに大忙し。つまり人間のために存在している、完璧に善なる存在でしょ。だから、その対極に位置する、人間を惑わす存在も相対的に、絶対的な邪悪タイプになるんだろうな、って」

神は、信じる者がいて初めて生まれる。一神教も多神教も、それは変わらない。

想うことは像を結ぶ。神も悪魔も、突き詰めていけば、形而上《けいじじょう》の存在だ。だからこそ、そのあり方は、人間の認識によって左右されるといえる。

「あー、言われてみれば、鬼も修羅《しゅら》も羅刹《らせつ》も妖怪も、確かに悪魔とは違うよな。純粋に、ただ悪にだけ特化したもんが日本にないのは、そーいうことか」

ふむ、とシャルは納得したように頷く。ニコラも彼の方を見ないままに首肯した。

絶対的な善に対する、対極としての悪魔なのだ。絶対善の存在がいない多神教の中では、悪魔に類似した概念は生まれない。

ニコラとシャルが口を噤《つぐ》んでしまえば、誰かに召喚されないと現世に干渉できない悪魔からしても、直接手出しのしようがないのだ。

悪魔という概念を知っている、視える、悪魔に対して無知、と三拍子揃《そろ》ったオリヴィアは、やはり悪魔にとって唯一無二の玩具だったのだろう。

お愉《たの》しみが高じて、彼女を遊び潰してしまった悪魔には「ざまーみろ」と言ってやりたいところだった。

「シャルー、ニコラ嬢、何してるの、遅いよー」

気付けば、アロイスとエマとは随分と先を歩いている。ニコラとシャルは顔を見合わせると、手燭の炎が消えない程度に歩調を速め、足早に二人を追いかけた。

◇

鍵束に姿を変えたジェミニを差し込めば、かちゃり、と微かに引っかかる感覚が手に伝わる。

難なく開いた扉に身を滑らせれば、そこは画材道具がぎっしりと詰まった棚に囲まれた、物置然とした小部屋だった。美術準備室である。

鍵を掛け、二つしかない鍵束を管理さえしていれば、現場は保存できると考えたのだろう。見張りも特にはいなかった。

カーテンは全て閉まっていて、光源は各々が持つ手燭の明かりのみだ。

腕を掲げて視線を巡らせれば、美術室とは違い、壁紙の色は無難なクリーム色であることが分かる。

周囲には額縁に入った絵画や石膏像《せっこう》（管理の仕方からして、恐らくレプリカだろう）それに、筆やパレット代わりの小皿などが堆《うずたか》く積まれている。全体的に、雑多な印象の部屋だ。

「素敵な色合いですねえ」

そう言ってエマが手燭を僅《わず》かに近付けたのは、イーゼルに立てかけられた一枚の油絵だ。一輪挿《いちりんざ》しの小さな花瓶に、百合《ゆり》の花が生《い》けられている絵だった。

同じようにそれを覗《のぞ》き込んだアロイスは「隅っこにサインがあるよ。たぶん美術教諭の女史が、趣味で描いたんだろうね。上手だなぁ」と呟いた。

シャルは「ぽへぇ」と、おバカなのが可愛い仔犬《こいぬ》みたいな表情で「美術品の良し悪しなんて、全く分っかんないわー」とぼやく。

きっとジークハルトも、ここで副会長を待ちながら、手燭を片手に絵や石膏を眺めていたのだろう。

ニコラは窓辺に寄ると、そっとカーテンに手を伸ばす。美術品の劣化を防ぐためだろう。触れた布地はかなり分厚い、遮光《しゃこう》性の高い物だと分かる。

それを静かに引き開ければ、目に入るのは二重窓の内側、一枚目の窓だ。一枚目の窓を開けば、途端に冷えた空気が流れ込んでくる。

一枚目と二枚目の間の隙間は、十五センチといったところか。白木の窓枠に手を添えて、外側の窓の鍵に手を伸ばしかけて、だが、ニコラは結局手を引っ込めた。

それから、ニコラはちらりとアロイスを振り仰ぐ。

「殿下たちが美術室の明かりを見つけた時、隣室に明かりは見えましたか」

「いや、見えなかったよ。たぶん準備室のカーテンは、閉まっていたと思う。開いていたら、ジークの持つ明かりが見えたはずだからね」

これは、ジークハルトの証言とも矛盾しない。ニコラは頷いて、もうひとつ質問をする。

「確か、副会長の発案で、窓の戸締まりを手分けして確認したんですよね？　副会長は、どこを確認したんですか」

「あぁ、それなら。準備室の窓だったよ」

アロイスの返答は、半《なか》ば予想通りのものだった。

何せ、アロイスやエルンストは、副会長がジークハルトを呼び出していたことを、最初から知っていたのだ。端《はな》から疑ってかかっている相手に、出来るだけ現場——美術室のものには触れさせないように、別室へ追いやろうとしたのは想像に難くない。

エルンストは『外側の窓を開けて何かを捨てたなら、吹雪の音ですぐに分かっただろう』と言っていた。だから多分、彼女は外側の窓を開けはしなかったのだろう。

ニコラは小さく頷いて、今度は美術室へと繋がる内扉に手をかけた。鍵が掛かっている様子はなく、押せばすんなりと扉は開く。

足を踏み入れると、やはり目を引くのは特徴的な緑の壁だ。その他、花瓶や壺が落ちた際に当たったのだろう、倒れたイーゼルやキャンバスも、散らばる破片も、最初に見た時と変わりない。

カーテンはひとつだけ半端に開いていて、白木の窓枠が僅《わず》かに覗く。

二重窓のおかげか、風の唸《うな》る音も、雪が窓を叩く音も、どこか遠い。ぬるい空気と相まってか、この二部屋だけ、まるで外界と切り離されているような気さえした。ここで人が亡くなったことを、知っている所為《せい》もあるだろうか。

倒れた人の形を象《かたど》る枠線が妙に生々しく、ニコラはそっと視線を外しかけて、ふと気付く。

遺体の枠線の傍らに、花が手向《たむ》けられているのだ。一輪挿しに添えられたそれは、闇に沈んで判別しづらいが、白いサザンカやかすみ草のように見える。

どこかで見たような、と首を傾げていれば、隣からひょいとエマが覗き込んできた。

「これは……殿下のブートニア、ですか？」

「あぁ、そういえば」

言われてみれば、確かにこういうのを胸に挿《さ》していた気がする。いつの間にか胸元から消えているから、すっかり忘れていたのだ。

アロイスは苦笑気味に頷いて、「リュカが亡くなった部屋で、花を胸に飾るのも、なんだか気が引けちゃって」と肩を竦める。

「一応許可をもらって、準備室から適当な器を拝借《はいしゃく》したんだよ」

アロイスはそう言って、ニコラが拾い上げた一輪挿しを一瞥《いちべつ》した。

「……リュカをこの部屋に呼び出すのは、簡単だっただろうなって思う。『死んだフリをして、生徒や教師を驚かせてみませんか？』なんて持ちかけたなら、きっとリュカは飛びついたんじゃないかな」

そういう突拍子もないことをしたがる性格だったんだ、とアロイスは静かに目を伏せる。

「人の話は聞かないし、周囲を振り回すのが好きな、何かとお騒がせな奴《やつ》ではあったけれど……こんな〝もののついで〟みたいな殺され方をするほど、悪い奴ではなかったんだ」

ここで亡くなったのは、ニコラにとっては顔も知らない他人だ。けれど、多少なりとも関わりがあったアロイスからすれば、やはり思うところがあるのだろう。

唇を引き結んだアロイスは、だが暗澹《あんたん》たる気持ちを振り切るように首を振る。ややあって顔を上げ、こちらに顔を向けた時には、既にいつもの調子の表情だった。

「でも、死者を悼《いた》むことは、いつでも出来るよね」

アロイスは気を取り直すように軽く息を吐くと、そう言った。エマはまだ気遣わしげな視線を向けていたが、やがてはアロイスの意を汲《く》むことにしたのだろう。

話題を変えるためか、エマはおずおずと口を開いた。

「もしかすると、気のせいかもしれないんですけど……ちょっと気になっていることがあって。シャルくんとニコラさんの明かりを貸してもらえませんか?」

その申し出に、ニコラとシャルは顔を見合わせた。意図こそ読めなかったが、とはいえ拒否する理由もない。二人がそれぞれ手燭を差し出すと、エマはそれを、一輪挿しを囲むように置く。

もともとエマが持っていた手燭も合わせ、ごくごく至近距離から照らされた、白いサザンカを基調としたブートニア。それを矯《た》めつ眇《すが》めつ眺めたエマは、やがて「やっぱり」と呟いた。

「私はご存知の通り、眼鏡《めがね》をかけた状態でも視力が良いとはいえないんですけど……。その分、色を注意深く見ているんですよう」

髪の色に瞳の色、衣服の色。そういった色の組み合わせで、個人を判別している節もあるのだ、とエマは笑う。確かに視力が著しく悪くても、色は判別できるだろうが。

不思議そうに瞬くこちらに気付いて、彼女は少しばかり眉尻を下げた。

「花の色が、少し変わっているんですよ。真っ白だったはずのサザンカやかすみ草が、ほんのり緑に色付いているんです」

ニコラはその言葉にハッと息を呑《の》み、手燭の炎に照らされた花を見る。

目を凝《こ》らさなければ見落としてしまいそうな変化ではあったが、確かに、色が変わっている。

「毛細管、現象……」

思わず口の中で、小さく呟く。それから、ニコラは勢いよくアロイスを振り仰いだ。

「殿下は、その辺にあった一輪挿しに、ブートニアを挿しただけなんですよね」

「そうだね。準備室にあった手近なものに、挿しただけ。わざわざ水を入れに行ったりは、しなかった」

アロイスはそう言って、静かに頷いた。

ニコラは頷く代わりに目蓋《まぶた》を伏せると、再び口を開く。

「では、もうひとつ、質問です。殿下たちは渡り廊下で明かりを見つけた時、どうしてその部屋を、美術室だと判断したんですか？」

ニコラの言わんとするところに、もう察しがついているのだろう。アロイスは頷いた後、困ったように眉根を寄せて、苦く笑った。

「明かりが見えた部屋の、白木の窓枠や、窓の外の雪がね。緑色に色付いているように見えたからだよ。咄嗟《とっさ》に、壁の色が反射しているからだろうと思ったんだ。……端から何番目の窓だったかなんて、数えてはいなかったよ」

「そう、でしょうね」

ニコラは、深く息を吐き出した。これで、ジークハルトの言う『確かめて欲しいこと』も『探して欲しいもの』も、全て出揃ったことになる。あとは、この事件を終わらせるだけだ。

5

「副会長さん、この部屋に戻って来るんでしょうか……？」

「戻って来るんじゃないですかね……。一輪挿しの中身を、処理したいとは思っているでしょうし」

不安げに口を開いたエマに、ニコラもまた、自信なさげに言葉を返す。

「そろそろ彼女も、事情聴取から解放される頃合だろうしね」と答えるのはアロイスだ。

第一発見者となったアロイス、エルンスト、留学生二人、副会長の五人は、一応、順番に一人ずつ事情聴取を受けていたらしい。

これは、発見時の状況について、証言に食い違いがないかの確認だったそうだ。

アロイスは立場と権限をフルに活用して、アロイスとエルンストの聴取順を先に回してもらったらしい。そして、聴取を終えた足で生徒会室に向かい、ニコラたちと合流した形だったという。

ニコラたちが生徒会室で情報共有していた間や、ジークハルトと接触していた、その時間帯。

彼女は聴取の順番待ちや、自分自身の聴取で、身動きが取れなかったはずだ——と補足するのは、見張りの仕事を終えて合流したエルンストだ。

これに「現れるなら現れるで、さっさと来て欲しいよなー。暇すぎ」とぼやくシャルを加えた五人組は、手持ち無沙汰に雑談を交わしていた。五人は美術準備室に身を潜めており、今はひとつの手燭《てしょく》に身を寄せ合っている状態である。

「今更ですけど、美術室の方に隠れなくて良かったんでしょうか？」

首を傾げるエマに、アロイスが苦笑しながら肩を竦める。

「まぁ、あっちの緑の壁は、何時間もいたら流石に気が滅入《めい》りそうだしねぇ」

授業を受ける程度の短時間ならともかく、いつやって来るとも知れない相手をじっと待つのに、美術室の緑色はいただけない。その点、準備室の方の壁紙は、無難なクリーム色だった。

幸い、二重窓のおかげもあり、あるいは五人寄り集まっている状態ということもあり、寒さはあまり感じない。

だが、寒くないというのも困りもので、どうにも眠気が忍び寄ってきて厄介だった。

時刻はすでに一時を回っている。あくびを嚙み殺しながら目をしばたかせていれば、最初に音を上げたのはシャルだった。

堪《こら》え性のない弟子は「あーもう無理！　なんかしてないと寝そう！」と小声で文句を垂れる。

「何かって、何を？」

胡乱《うろん》げな視線を向ければ、シャルはうーんと数秒思案した後で、名案！とでも言うようにぽんと手を打つ。

やがてシャルがポケットから取り出したのは、いやに見覚えのありすぎるカードの束だ。

「やっぱり持ってても仕方ないし、お前に突っ返してやろうと持ち歩いてたんだよね」

トランプカードより縦に細長い形状のそれは、いつぞやシャルに押し付けたタロットカードらしい。シャルはカードをざっくり切ると、ニコラに見えるように扇状に開いた。

「ちょうどいーじゃん。引いとけよ」

「えぇ……大一番の前に、嫌な結果が出たら嫌なんだけど……」

強引にカードを押し付けるシャルに、ニコラはげんなりした様子で渋面を作る。

潜在意識によって、直感で近い未来を導き出す。それがタロット占いだった。当たるも八卦《はっけ》、当たらぬも八卦と割り切るには、いささか実現の確度が高すぎるのである。

「景気付けに、いいから引いとけって。そんでもし結果が悪かったら、その分、警戒もできるだろ?」

ニコラの躊躇《ためら》いを理解した上で、それでもシャルはそんなことを言う。結局シャルに押し切られてしまい、ニコラは根負けしたように嘆息した。

気乗りしないままに、けれど迷うこともなく引いたカードは、正位置・剣のエースだ。

あんまりにも皮肉な意味合いのカードに、ニコラは思わず乾いた笑みを零すしかない。

その一方で、弟弟子はといえば「ほらな。景気付けにぴったりだったろ」と愉快そうに笑った。

「なになに、どういう意味だったの?」

「これは、良い意味なんですか?」

「……いや、そもそも占いなど、当たるものなのか？」

最初こそ静観の構えだったアロイス、エマ、エルンストが、ニコラとシャルを取り囲むようにしてカードを覗き込む。ニコラもまた、何とも言い難い表情のまま、手の中のカードに視線を落とした。

小アルカナに属する、剣・エースのカード。おまけに正位置、その意味は――。

「……正義に基づいた制裁、勝利」

「ざっくり言うと、目的を達成して勝利できるけど、ちょっと強引な勝ち方になるかもよ、的な？」

ぼそりと意味を端的に呟けば、シャルもどこか茶化すように言葉を足す。

「……ちょっと強引、か。うん、それは間違いない」

ニコラは自嘲《じちょう》的な笑みを浮かべて呟いた。それはニコラ自身、嫌と言うほどに自覚していることだからだ。

いくら状況証拠を積み重ねても、事実を証明する物的証拠は、何ひとつない。

そもそも前提として、この世界には科学捜査という概念が存在しないのだ。

仮に、粉をはたいて指紋を採取できたとしても、それを照合する術はない。解剖《かいぼう》で正確な死亡推定時刻を割り出すことも困難で、遺留物のＤＮＡ鑑定などもってのほかだ。

正直なところ、この文明レベルで物証を揃えることなど、不可能に近い。

それでも、ニコラはこれから証拠もなしに、犯人に自供《じきょう》を迫らなくてはならないのだ。探偵も警察も鼻で笑いそうな状況に、自嘲的になるのも仕方がなかった。

「……卑怯《ひきょう》、かな。ずるい、ですかね」

剣のエースは、強引にでも現実を切り開いていく意志を象徴するものだ。

副会長の自供が得られたのなら、ニコラは強行手段を取る覚悟を決めている。それでも少しだけ足踏みしてしまうのは、その手段が正しい選択なのか、確信が持てないからだ。

行き場をなくした呟きに、四人は顔を見合わせて苦笑する。

誰かが口を開きかけて、しかし、言葉が紡がれることはなかった。カツン、カツンと廊下を歩く足音が、小さく聞こえ始めたからだ。

ニコラはふっと唯一の手燭の炎を吹き消した。途端に、準備室は完全な暗闇に閉ざされる。

「……その質問の答えは、また後でね」

誰かがそう言って、ニコラの頭を軽く撫でる。右腕には、肘《ひじ》で小突かれた感触。

それぞれ誰によるものか、大体の予測はつくが、それはそれ。ニコラは夜目に慣れるのを待って、息を殺して立ち上がった。

足音の主は、ニコラたちの潜《ひそ》む準備室の前を通り過ぎ、やがて美術室の扉の前で立ち止まったらしい。鍵を回す金属音が、ニコラの耳にも確かに届いた。

ギィ……、と軋《きし》む扉から身を滑らせた人物は、手探りで遺体のあった場所の辺りに跪《ひざまず》いたらしい。

それを内扉の隙間から確認したニコラは、静かに美術室へ足を踏み入れた。

マッチを擦《こす》り、手燭にもう一度火を灯す。蠟燭《ろうそく》の揺らめく炎は、朧げな明かりで室内を照らした。

「貴女《あなた》の探し物は、この一輪挿しですか？」

手燭を向けた先、その人物が驚いたように身じろいだのが、気配で分かる。だが、相変わらずニコラの目には、彼女の輪郭《りんかく》さえ摑《つか》めなかった。

彼女を中心に回っている洗濯機、あるいはどす黒く渦巻く竜巻。

確かに言い得て妙だと思うほかない。何人、何十匹もの怨嗟《えんさ》の念、瞋恚《しんい》の情は幾重にも絡み合って、彼女を中心に轟々《ごうごう》と渦巻いているのだ。

とてもではないが、人としての輪郭も、容貌《ようぼう》も、判別することは出来なかった。

隣に立ったアロイスが、彼女を直視して眉を寄せている。その傍らに、アロイスをいつでも庇《かば》える位置で、エルンストが控えた。若干ニコラにも近い立ち位置なのは、ついでにニコラも護衛してやらんでもないという心積もりなのだろうか。

シャルとエマはといえば、そのまま準備室から様子を見るに留めるつもりらしかった。二人は本来、この事件に関して完全な部外者なのだから、仕方がない。

ニコラはつかつかと遺体の枠線の脇に歩み寄ると、ブートニアが添えられた一輪挿しを拾い上げた。

「一輪挿し……？　何のことでしょう？　わたくしはただ、先ほど落としてしまったイヤリングを探しに来ただけですわ」

イヤリングと言われても、表情どころか輪郭すら見えない状態では、ニコラには嘘《うそ》か真《まこと》かも判別がつかない。だが、それでも副会長の声だけは、明朗に聞き取れた。

彼女を中心に轟々と回る渦は、しかし外側には完全に無音だった。怨嗟の矛先は、徹底してその内側にしか向いていないのだ。

悲しいまでにひたすらに、彼らはただただ一途に、彼女だけを怨《うら》んでいるのだろうと分かる。それが、哀れに思えてならなかった。

「ニコラ嬢」

とアロイスに呼ばれて振り返る。

アロイスが差し出したのは、美術準備室に堆く積まれていた、パレット代わりの小皿だ。

ニコラはそっとブートニアを引き抜いて、口の窄《すぼ》まった磁器の一輪挿しを小皿の上に傾けた。

小皿に注がれるのは、ブートニアの花弁を染めた正体。緑色に着色された水である。

「緑に着色した水を、筒状に凍らせて、その中心に蠟燭を立てた――そうやって、緑の部屋に見せかけたんですね」

ジークハルトが内扉を通って美術室に踏み込んだ時、美術室内に明かりはなかった。

その一方で、アロイスたちの証言によると、美術室には明かりが確かに見えたという。

アロイスたちの目撃した光源が、忽然《こつぜん》と消えたと考えるよりも、明かりを持つジークハルトが最初から美術室にいたと考える方が自然だ。そう受け取られてしまうのは、当然の帰結だっただろう。

「でも、僕たちが見たのは……明かりが見えた部屋の、白木の窓枠や窓の外の雪が、淡く緑に色付いている光景だけだった。端から何番目の窓だから、と数えて美術室と断定したわけじゃない」

だって、渡り廊下から、四階突き当たり横の部屋の辺りを見上げるには、高さと奥行き共に、かなり鋭角に見上げる形になるからね。そう言って、アロイスは苦々しげに首を振った。

「美術室の窓に明かりが灯っていようと、その隣の準備室に明かりが灯っていようと、たぶん咄嗟《とっさ》に見分けはつかなかっただろうね」

ジークハルトが内扉を通って美術室に踏み込んだ時、美術室内に明かりはなかった。その一方で、アロイスたちの証言によると、美術室に明かりが見えた。そのどちらも、目撃した光景自体に、嘘は言っていなかったのだろう。

ただ、明かりが見えたのは、無難なクリーム色の壁紙の、美術準備室の方。その二重窓の間の空間だったというだけの話だ。

美術室、美術準備室ともに、カーテンは美術室のひとつの窓を除き、全て締め切られていたという。美術品を劣化から守るための、遮光性の確かな、厚手のカーテンだ。

締め切られた美術準備室の、光を通さないカーテンの向こう側。

二重窓になった内側と外側の窓の間の、たった十五センチ程度の隙間。その白木の窓枠や、窓の外の雪を緑に染め上げる方法が、無いわけではなかった。

たとえば緑色に着色した水を用意し、トイレットペーパーのような筒状に凍らせ、その中心に蠟燭を立てる。それを、パレット代わりの小皿の上に置き、蠟燭に火をつけ、二重窓の一枚目と二枚目の間に置いたなら。

白木の窓枠も、窓に叩きつける雪も、淡く緑に染まって見えたに違いない。それを目撃した一行が、咄嗟にその窓を美術室のものだと判断して、美術室に踏み込んでみれば。

そこにはひとつだけ半端に開いたカーテンと、ジークハルトの持つ明かりが目に入る寸法だ。ジークハルトの持つ明かりが見えていたと判断されるのも、やむなしという状況だろう。

だが実際には、その隣の準備室にはまだ明かりの痕跡が残っていた。それを暫定的《ざんていてき》に処理したのは、たぶん彼女が窓の施錠を確認した時だ。

アロイスはその時を振り返ってこう言った。「準備室の窓を確認したのは、副会長だ」と。

エルンストは言った。「副会長から一瞬も目を離さなかったといえば嘘になる。だが、外は吹雪いていて、窓を開けて何かを捨てたりすれば、音で気付いただろう」と。

確かに彼女は、外側の窓を開けたりはしなかったのだろう。

だが、二重窓の施錠を確認するためには、カーテンを開け、内側の窓を開けなければ、外側の窓の鍵は確認できない。

つまり、カーテンを開ける音、内側の窓を開ける音に関しては、不審な音ではなかったのだ。

彼女は外側の窓の施錠を確認するフリをして、堂々と内側の窓を開け、溶けた色水が載った小皿を回収し、それを手近な一輪挿しに、一時的に注ぎ込んだのだろう。内扉の死角でそれを行う程度の隙は、あったはずだった。

アロイスとエルンストが、現場のものに触らせまいと準備室に追いやったのも、後押しになってしまったのだろう。だが、そうでなくても「自分が向こうの部屋を確認してくる」と言えばそれまでなので、最初からそのつもりだったのかもしれない。

どれぐらいの分厚さの氷を作れば、何分で溶けるのか。どれぐらいの絵の具を溶かせば、リアルな色合いに見えるのか。きっと、何度も試行錯誤したのだろう。

その結果が、来歴不明の七不思議の、もうひとつ。『辺りを染め上げる人魂《ひとだま》』の正体だ。来歴不明の噂話は、実際に目撃されたからこそ、噂になったのだろうとニコラは思う。

ニコラたちは人ならざる存在が視えすぎてしまうが故に、学校の怪談やその変遷《へんせん》に無関心ではいられなかった。

だが、そうでもなければ、この事件と七不思議を結びつけて考える人間など居なかったに違いない。

つくづく頭が良い人だと、ニコラは歯噛《はが》みする。知性が高く狡猾《こうかつ》で、目的の為なら手段を選ばない合理性。綿密な計画と、周到な準備には舌を巻くしかない。

「壺や花瓶を割る方法も、もう既に分かっています」

と言っても、そのトリックを暴いたのはここに居ないジークハルトだが、というのは置いておく。

そもそも明かりのからくりに関しても、大体ジークハルトの推測の通りだったが、これも置いておこう。本人がここに居ない以上、誰かが探偵役を担わなければならないのだから、仕方がない。

ニコラは副会長を見据え、きっぱりと断言する。

「貴女が、隣国の王子を殺したんですね」

ふ、と副会長が笑った気配がした。

◇

「えぇ、そうよ。それがどうかした？」

風ひとつない美術室に、副会長の声はよく響いた。表情などまるで見えないが、焦りなど微塵《みじん》も感じていないであろうことは、その声の平坦《へいたん》さから想像に容易《たやす》かった。

ただ『あぁ、本当に、この人は何も感じていないのだな』と思うしかない。人を殺した罪悪感も、その罪を他人に押し付ける罪悪感も、本当に微塵《みじん》も持ち合わせていないのだ。

良心の呵責《かしゃく》や、共感性の欠如。利益を追求する結果至上主義。

それ自体は、きちんと病名の付くものだ。彼女の性質そのものを、非難してはならないのだろう。

だが、犯した罪は、罰せられるべきものだ。アロイスが一歩前に出て、静かに口を開いた。

「……ねぇ、君。どうしてリュカだったのかな」

「どうして、と言われましても……。お亡くなりになった時に、一番大事《おおごと》になりそうだったから、としか？　それ以上でも以下でもありませんわ」

副会長は心底不思議そうに、けろりと無邪気にそう答えた。それから「リュカ殿下がお亡くなりになったのは、貴女が悪いのよ？　会長の、婚約者のお嬢さん」と言葉を続ける。

「本当は、貴女を殺して、会長に婚約者殺しの罪を着せてあげようと思ったの。でも、貴女の情報は、当日まで完全に伏せられていたでしょう？　だから仕方なく、一番影響の大きそうな人を選んだの。そういう意味では、ほら。リュカ殿下が死んだのは、会長のせいでも、貴女のせいでもあるわ」

副会長がさらりと言い放ったその言葉に、アロイスもエルンストもひくりと表情を強張《こわば》らせた。

ニコラは眉間の皺《しわ》を深くして、呟くように反論を口にする。

様々な感情と思考が脳内で錯綜《さくそう》していたが、最も強く感じたことはたった一つだけだった。

それはつまり――お前が言うな、ということである。

「巫山戯《ふざけ》るな。他人に罪を転嫁《てんか》するのは反則です。貴女の罪は、貴女だけのものでしょう」

激昂《げっこう》する感覚とは違う、どこか腹の底から冷えるような感情。

ニコラは温度のない無表情で、ただただ目の前の人物の靄《もや》を見た。互いが互いに共感できないからこそ、感情的になるのは無意味だと分かる。

アロイスが一歩前に出て、静かに口を開いた。

「……随分と素直に認めるんだね」

「だって、殿下やそちらの婚約者さんに対して自白しても、意味はないでしょう？」

副会長は事もなげにそう言って、くすりと笑った。

「その緑の色水だって、わたくしに冤罪《えんざい》を着せるために、そちらのお嬢さんが仕込んだものかもしれませんわ？　確かにわたくしにも、犯行は可能だったかもしれないけれど、誰がそれを信じるの？　それを主張するのは、容疑者の婚約者と、容疑者の親友でしょう？」

彼女はさも愉快そうに、くすくすとと嗤《わら》う。

「わたくし、被害者ぶる演技は得意なの。絶対に自白なんてしないわ。そうなった時、第三者はどちらの言い分を信じるかしらね」

あぁ、そうだろうな、とニコラは無感情にそう思う。

意見と意見がぶつかる時、そこに結末をもたらすのは、正義や事実などという綺麗事《きれいごと》ではない。

結局は、相手を頷かせた方の勝ちだ。裁判は、善悪ではなく勝ち負けなのである。

それに、ただでさえ、やったことを証明するよりも、やっていない証明をする方が何倍も難しいものだ。

その上こちらの身の上は、ジークハルトの婚約者で、親友。つまりは半ば、身内枠というデバフまである。それでも、ニコラは淡々と言葉を返した。

「冤罪《えんざい》だと主張するのも、貴女の自由です。お好きにどうぞ」

指紋鑑定すら出来ないこの時代、彼女の指摘する通り、犯人の自供が大きな決め手になる。むしろ、それ以外に証明する根拠が弱すぎるのだ。

ニコラは冷めた視線を副会長に投げて、それから静かに目を伏せた。

「……私に言えることは、ひとつだけです。自分の存在を乗っ取られたり、死の予兆だったり……。せいぜい、ドッペルゲンガーに気を付けて」

その言葉は、彼女に最後まで届いたかどうか分からない。

音もなく彼女の背後に移動していたエルンストが、手刀で彼女の意識を刈り取ったからだ。意識を失い力の抜けた身体が、どさりとその場に崩れ落ちる。

隣でアロイスが「うわぁ、エルンには、本当に彼女の首の位置が分かるんだ……」と驚嘆したように呟いたが、全くもって同意するしかない。

手早く彼女の手足の辺りを縛り上げたエルンストは、これまた手慣れた様子で猿轡《さるぐつわ》を噛ませ、ニコラの方を振り仰いで言った。

「生徒会室で、いいんだな」

「……はい。お願いします」

ニコラは唇を噛み、首を垂れる。

エルンストは無言で頷き、彼女を軽々と肩に担ぎ上げた。

エルンストに憑《つ》いている太陽みたいな守護霊と相殺《そうさい》し合うことで、今なら彼女の素顔を知れるかもしれないとは思ったが――結局やめた。知ったところで、変わることなど何もないからだ。

「卑怯《ひきょう》か、と。狡《ずる》いかと、君は訊《き》いたね、ニコラ嬢」

つい目線が下がりがちになったニコラのつむじに、アロイスの声が降ってくる。

続く声は、美術準備室から出て来た弟弟子のものだ。

「卑怯、ねぇ……。そりゃ、オレたちが警察や探偵なら、ズルだとは思うけどさ。いんじゃゃね、オレたち祓い屋なんだし」

「卑怯というのなら、自分の罪を他人に押し付けようとする方が、ずっと卑怯ですしねえ」

エマもまたそう言って、準備室から顔を出しながら苦笑する。

アロイスは、いつの間にか準備室に放り出したままになっていたタロットカードを拾っていて、それをニコラの手に握らせた。

見れば、カードの絵柄は剣のエース。先ほどニコラが引いたばかりのカードだ。

「意味は、正義に基づいた制裁、勝利、だっけ……。正義っていうのは所詮《しょせん》、自分が立つ場所であって、さ。必ずしも善と同一である必要はないと、僕は思うよ」

アロイスはそう言って、ニコラの頭に軽く手を置いた。まるで子どもをあやすような仕草だ。

「その、だな……。俺たちの正義は、無実の人間に冤罪を着せないことだろう。やり方が善である必要は、ないと思うぞ。だからその……あまり、気負うな」

とうとう終《しま》いには、エルンストにまで気を遣わせてしまったらしい。

ニコラは苦笑するしかなく、ぼそりと小さく礼を言った。

隣に立った弟弟子は「相変わらず、割り切るのが下手だなぁ、お前」とニコラを肘で小突く。

弟弟子のように、どこまでもドライに割り切れたなら。

そう思わなかったことが、全くないとは言えないが。

「お前は色々考えすぎなんだよ。生き難《にく》そう」

「そうかもね。でも、それを決めるのは私だよ」

余計なお世話だという意味を込めて、ニコラもシャルを小突き返した。

かていきょうしを、ふやされました。
どうとくと、りんりをおしえてくれるそうです。
けれど、どうとくも、りんりも、
あんきかもくでしかありませんでした。

◆◆◆

嗚呼《ああ》、懐かしい夢を見た。

まだ幼い頃のことだ。子ども部屋の窓から、鳥の巣が見えた。

親鳥から餌をもらった雛《ひな》たちは、小さなくちばしで必死に餌を食べていた。

小さなふわふわの雛は可愛くて、一生懸命に生きていて。

だから、死ぬときも一生懸命に死ぬのかなと思ったのだ。

確か、あれが初めてだったかしら、と思い出したあたりで夢は醒め、ふっと意識は浮上する。

頭に靄《もや》がかかったように、ぼんやりとしていた。意識はまだ夢の残滓《ざんし》に引き摺られていて、手や足の感覚がひどく遠い。どうして寝ているのだろうと考えて、一気に記憶が蘇《よみがえ》ってくる。

それと同時に意識する、節々の痛み。鈍く痛む首を巡らせれば、そこは、どうやら生徒会室であるらしかった。彼女の四肢《しし》は縛り上げられ、ご丁寧に猿轡まで噛まされている。

これでは助けを呼ぶことも出来ないだろう。彼女はそこまで考えて、思わずくぐもった笑みを零す。

あの婚約者の令嬢や第一王子は、随分と血迷った行動に出てくれたらしい。これではどう見たって、被害者はこちら側だ。

『婚約者／親友を無罪にするために、不当に罪を擦《なす》り付けられようとしている被害者』が目の前に居たら、人はどちらに同情するか。答えは考える迄《まで》もなく明白である。

横目に窓の外を見れば、既に空は白み始めており、夜は明けつつあるらしい。犯人が王宮に引き渡されるのは早朝だという話であったし、今頃はその真っ只中《ただなか》であろうか。

まったく、思わせぶりに優しくしておいて、自分を振ったりするからこんなことになるのだ。

惜《お》しむらくは、彼の婚約者を殺せなかったことだろうか。

仕方なく、アリバイがないことを婚約者に証言させる流れにしたり、親友に現場を発見させたりしたけれど。親友や婚約者に信じてもらえず、絶望する顔が見たかったというのに、思うようにいかなかったのも残念なところだ。

次に活《い》かす為の反省をつらつらと考えていれば、ふと気付く。

何やら、やけに外が騒がしいのだ。

耳を欹《そばだ》てていれば、聞こえるのは、高らかな女の哄笑《こうしょう》。それと共に、複数の足音や男の怒号が近付いてくる。

喧騒《けんそう》は、確かにこの部屋へ向かって来ているようだった。

やがて勢い良く扉が開かれたと思えば、そこに立っていたのは、自分と全く同じ姿をした女だ。

自分と寸分違わぬ格好をした女は跪《ひざまず》くと、彼女の足の縛りを解き、手の縛りを解くと、猿轡を外しながらそっと耳元で囁く。

「自分が他人に擦り付けようとしたものを、そっくりそのまま擦り付け返されて、可哀想な人ね」

声さえもが自分と同じことに、背筋にぞっと悪寒が走る。

そっくり同じ顔に、全く違う表情。

今度は無邪気に無垢《むく》な笑みを浮かべて、今度は舌足らずに囁く。

「あるじからの伝言だよ。ええと、なんだっけ……？　なんじにいづるものはなんじにかえる？んだって。よかったね？」

そう言ったきり、自分と同じ姿をしたナニカは煙のように掻《か》き消えてしまう。

それと入れ替わるようにして、扉を蹴破るようにして入ってくる、王宮の近衛《このえ》たち、教師ら、隣国の留学生。そして、第一王子とその護衛は、険しい表情で彼女を取り囲む。

再び縛られる手足に、彼女は何が起こったのか漠然《ばくぜん》と悟った。

嗚呼、だから彼らはこんな強行策に出たのか、と。

ここから覆《くつがえ》ることは、恐らくないのだろう、と。

「……それこそ、反則じゃない」

6

爾《なんじ》に出づるものは爾《なんじ》に反《かえ》る。

善悪に関わらず、自分のやった行いの報いは必ず自分に戻ってくるという言葉だ。彼女が他人に擦り付けようとした罪状は、そっくりそのまま彼女に返った、というのが事の顛末《てんまつ》だった。

関係者全てと、王宮から派遣されてきた近衛たちを合わせた衆人環視の下《もと》、ニコラたちはトリックを明らかにし、彼女を真犯人だと名指しした。

もちろんその場で糾弾されたのは、副会長本人ではなく、副会長に化けたジェミニだ。

ジェミニはドッペルゲンガーの面目躍如《めんもくやくじょ》といった様子で、白々しく身の潔白を訴えつつも、最後には自白するという流れを演じ切った。

元々、争った形跡と思われる花瓶の破片が、遺体の枠線の外にしか落ちていなかったというのは誰が見ても奇妙な話だ。その周囲に、花も生けられていないのに水が溢れていたことも、現場を見た人間全員が記憶している。

そういう向きもあって、被害者が亡くなった後に、氷を使って花瓶を割ったという説は、あっさりと受け入れられた。

それに、ジークハルトが犯人であれば、わざわざ時限式の仕掛けを用いる必要もない。

彼女にも犯行が可能だったことを証明でき、本人の自白も得られたとあれば、後は易かった。

もしも本物の彼女が、頑として自白をせずに『婚約者／親友を無罪にするために、不当に罪を擦り付けられようとしている被害者』を演じられたなら、分が悪かったのはニコラたちだろう。

けれど幸いにも、軍配《ぐんばい》はニコラたちに上がった。

なぜ、どうやって、エトセトラ。他者が知りたがったことは、全てジェミニの口から語ってしまった。彼女が今後どれだけ黙秘を貫こうとも、冤罪を叫ぼうとも、もう無意味だ。

◇

副会長が捕縛《ほばく》された明け方から、簡易な事情聴取を受けた後。ジークハルトの身柄はようやく解放されることになった。

昨夜の吹雪が嘘のように、真っ白な世界には柔らかい陽《ひ》の光が降り注いでいた。

淡雪こそちらついているが、この分では地面に辿り着くより先に溶けてしまいそうだ。吐く息は白いが、陽光に温められた空気は冷たいというほどではない。――いや、どちらかというと、忙《せわ》しなくうろうろしているからだろうか。

落ち着かない理由は嫌というほどに分かっている。昨夜は状況がら、つい小っ恥ずかしい台詞《せりふ》や啖呵《たんか》を切ってしまったが、まだあれから数時間しか経っていないのだ。

「あぁもう、出て来るなら早く、いやでもまだ心の準備が……」

一度口にしてしまった言葉を覆せるほど、ニコラは厚顔無恥《こうがんむち》ではない。いや、むしろあの約束は、反故《ほご》にするわけにはいかない類のものだ。

だが如何《いかん》せん、心の準備をする時間も、言葉をまとめる時間も、まるで足りていなかった。

校舎の玄関口の前でそわそわと落ち着きなくしていると、背後から扉が開かれる鈍い音がした。

ぎくりと肩を揺らして振り返れば、目を瞬かせたジークハルトが佇《たたず》んでいる。

ジークハルトはこちらの姿を視界に捉えるなり、少し困ったような微笑で迎えてみせた。それだけでちっぽけな覚悟が決まってしまうのだから、自分も大概《たいがい》現金なものだ。

「ニコラ」

「謝らないでください」

何か言いかけた幼馴染に、先んじて言葉を被《かぶ》せる。下手を打ったのは、多分どちらも同じだ。

だが、互いにもう、同じ間違いは繰り返さない。それで十分なのだから、謝罪は要《い》らなかった。

「それよりも、聞いて欲しいことがあります」

「……じゃあ、中庭にでも行こうか」

一瞬だけ息を呑んだジークハルトだったが、こちらの意図を汲《く》んでくれたのだろう。小さく頷くと、ニコラの手を引いて歩き出した。


舞踏会の翌日は休日で、校舎は当たり前のように閑散としている。

慌ただしく行き交う人間も全くいないわけではないが、全員が事件の関係者だ。彼らにはニコラの素性も割れているし、今更逃げ隠れする必要もない。

むしろ、誰に見られるか分からない寮へと戻る方が厄介だった。落ち着いて話をしようと思うのならば、必然、場所は限られてくる。

ジェミニを使えばどんな空き教室にも入れるだろうが、関係者に対する説明も面倒だ。そう考えれば、もはや中庭以外の選択肢はなかった。

時折積もった雪に足を取られながら、手を引かれて着いて行く。白い吐息はふわふわと宙を泳いで、見る間に消えていった。

「それにしても、今回は本当に不甲斐《ふがい》なかったな」

「そうですか?」

謎解き自体は、ほとんどジークハルト自身がやったようなものだ。

壺や花瓶の時限トリックに関しては言わずもがな。残る来歴不明の七不思議から、部屋を緑に見せかける方法は数通りは示されていたし、着色した氷のトリックもそのひとつだった。

ニコラやアロイスたちが、それぞれ足で稼《かせ》いできた情報を、ジークハルトが推理として組み立てた。だからこそ、今回は六人で協力して解決したと見るべきだろうと、ニコラは思う。

人通りもない中庭の隅、東屋《あずまや》に辿り着く。

屋根があるお陰もあってか、ベンチに雪は積もっていない。屋根がある代わりに陽光は遮られ、空気は冷たいが、まぁ雪が積もった噴水の縁《ふち》に腰掛けるよりはマシだろう。

二人並んで、静かにベンチへ腰を下ろす。

寒がりのニコラにしては珍しく、今日に限っては寒さをそれほど感じていなかった。

緊張しているからだろうか、それとも、繋いだままの手が温かいからだろうか。

あるいは、直接触れ合えることに、安堵《あんど》しているからだろうか。

ニコラは絡《から》められた指にきゅっと力を込めると「昨夜の話の、続きです」と静かに口を開いた。

「昨夜、貴方が言おうとしていた言葉が……。私のことを想っての言葉であったことは、重々承知しています」

昨夜、ジークハルトは言った。

ニコラには幸せであって欲しいし、叶うことなら自分の手で幸せにしたい、と。

けれどもし、それが叶わないのであれば、自分に縛りつけたくはないし、背負って欲しくもない、と。

だから、もしもの時は、――その先に続く言葉は、結局ニコラが遮《さえぎ》ってしまったけれど。

それは確かに、愛の言葉であり、愛の告白だったのだ。

先立つ自分に出来ないのなら、自分のことなど忘れて、他の誰かと幸せになって欲しい。

それもきっと、ひとつの愛の形ではあるのだろう。

ジークハルトは、そうするのが最善だと判断した時に、静かに身を引くことができる人だ。

自分の気持ちを、他人に押し付けることをしない人だ。そういう音のない静かな強さと優しさを持っている人で、それも確かに彼の美徳のひとつだとは思うのだ。

ニコラに幸せになって欲しいと言うのは、彼の紛れもない本心で、一般論として「自分が幸せにしたい」と拘《こだわ》ることが、エゴであることも理解はできる。

望まぬ好意を寄せられ続けた生い立ちから、ジークハルトは自分が一方的な感情を押し付けることに、忌避感のようなものを抱いているのだろう。それも、今となっては十分に理解できる。

けれど「自分の手で幸せにしたい」と思うことが、エゴかそうでないかなど、そんなものは受け取る側の感情次第だ。

ニコラはきっと、言葉にすべきだった言葉を、返してあげるべきだった言葉を、抱えきれないほどにたくさん持っている。

ずっと、素直ではない自分が言えなかった、おそらく求められていた報《むく》いの言葉を、贈ってやらなければならなかった。

「……本当は、嬉《うれ》しいんです。ストレートな愛情表現は、むず痒《がゆ》くもあるけれど、落ち着かないけれど。本当は、存在を肯定されるようで、嬉しい」

いざ口を開けば、声は喉に絡まり張り付いて、なかなか出てこない。それでもニコラはひとつずつ、大切な感情を確かな言葉に変えて紡いでいく。

私は、ちゃんと、貴方に愛されて幸せだからと。そのことを、ちゃんと自覚して欲しいのだと。

吐露した胸の内はあまりにも稚拙《ちせつ》で、辿々《たどたど》しいものだった。けれど、口先だけの誤魔化しも虚勢もなく、取り繕うこともしない。

けれどやはり羞恥はあるものだから、徐々に顔は熱くなり、視線は下へ下へと下がりがちになる。

それでも何とかジークハルトの双眸《そうぼう》と視線を合わせれば、幼馴染はただ真摯にニコラの視線を受け止めてくれた。

それだけで、どんなに稚拙な言葉でも、どんなに時間がかかっても、最後まで吐き出せそうな気がした。

「……本当は『私の幸せ』を前に、『私との幸せ』を諦めようとする言葉なんか、聞きたくなかった」

「…………うん」

もしもニコラが、ジークハルトに先立たれてしまったとして――。

きっともう、ニコラは幼馴染の後を追おうとは思わないのだろう。自分の精神構造の危うさは自覚したし、自覚したからには、改善するための努力は惜しまないつもりだ。

だからこそ、もう「幼馴染を守るためになら、生きてもいい」などと思っていた頃には戻れないし、戻るつもりもない。だが、それでも。

ニコラは視線を逸《そ》らさずに、真っ直ぐにジークハルトの瞳を見据えた。

「もしも、貴方に置いて逝かれたのなら……。私はきっと、貴方が置いて行ったものを、全部拾って集めて、大切に、大切に、後生大事に背負い続けていきますから。だから、他の誰かとの未来を言祝《ことほ》ぐ必要なんてありません。そんな必要、ないんです」

「私の幸せ」を前に、「私との幸せ」を諦めることなど、最初から無意味なのだと、ニコラは断言する。

ジークハルトが「自分の手で幸せにしたい」と思うのならば、その思いを貫き通してくれることこそが、ニコラにとっての幸せだ。その想いは、エゴなどでは決してない。

「……私は、貴方がいい。貴方だから意味がある。貴方でなきゃ、駄目です。貴方以外の手を取るつもりはありません」

雪の積もった中庭は、冬の陽の光を浴びて眩《まぶ》しく輝いている。けれど、どこまでも静謐《せいひつ》だった。

確か、雪の結晶の隙間で音の振動を吸収するから、静かになるのだったか。あの複雑な形の中に振動が閉じ込められるから、音が遠くまで届かなくなるらしい。

訥々《とつとつ》と紡いだ想いの丈も、幼馴染が呑んだ吐息の音も、きっと互いにしか聞こえない。世界にたった二人しかいない心地すらして、雪も悪いものではないと思える。

ジークハルトは何かを言いかけて、だが、躊躇《ためら》うように口を閉ざす。

それから深く長い息を吐くと、「……我ながら、それなりに覚悟を持って言った言葉だったんだよ」と呟きを落とした。

ジークハルトは、ともすれば掠《かす》れて消えてしまいそうな声音で、ゆっくりと言の葉を編む。

「ニコラが笑えている未来なら、それでいい。別に私に出来なくても、誰かにニコラを幸せにしてもらえるのなら、そこに自分が居なくともいいと思えた。ニコラの幸せの為になら、喜んで手放せる。そう思った」

そう言って、ジークハルトはまるで冬の月が儚《はかな》く融《と》けるかのように、困り顔で笑った。

銀髪がさらりと揺れて、雲間を差す陽光に透ける。その整いすぎた容貌も相まって、なんだかそのままふっと消えてしまいそうな錯覚に囚《とら》われて、ニコラは息を詰める。

そんなニコラを安心させるように、ジークハルトはそっとニコラの頬に手を添えた。

こつん、と優しく、互いの額と額が合わさる。互いの鼻先は触れ合って、少し擽《くすぐ》ったい。

お互いの吐息を肌で感じられるほどに近い距離に、ニコラの胸は小さく跳ねた。

「……もしもの時は、手放してあげようと思っていたのに。もう、ニコラと他人の幸せを願ってあげられないけれど、覚悟はいい？」

愛するものがあるならば、手を離してみなさい。戻って来たら貴方のもの、戻って来なければ、最初から貴方のものではなかったのだ。

そう言ったのは、どこの誰だっただろうか。今となっては、とんと思い出せなくなってしまったが。

けれど、手放そうとしても、戻って来たというのなら。

それはもう、貴方のものだろう。

そんな想いを込めて、ニコラは深く頷いた。

「私を好きだと言うのなら、私に愛されていることだけは、疑わないでください」

愛されるのにも、愛すのにも、センスがいるのだと、ニコラは思う。

そして恐らく、ニコラは絶望的に、そのセンスに乏《とぼ》しいのだろう。正直、この感情にどういった名前を付けて、どう扱うのが正解なのか、ニコラにはまだ分からない。

けれど、この感情を言語化できないから、愛という言葉を借りることにした。

いつか答えが分かったら、それを運命とでも呼んでみようか。

互いに少し冷えた体温を分け合うように、頰《ほお》を擦り寄せて目を閉じた。

エピローグ

背の高い植木がそよそよと風になびいて、花の香りとはまた違った青葉の香りが辺りに漂《ただよ》う。

精緻《せいち》に整えられた広大な庭園の、その片隅で。

刈り込まれた芝の上にしゃがみ込んで、じっと足元を見つめていた黒髪の幼女は、おもむろに立ち上がると、勇ましくも（あるいは行儀悪くも）ドレスの裾《すそ》をたくし上げる。そして思いっきり足を振り上げると、容赦なく振り下ろした。

途端に幼女の足元からは「めきょ」という、芝を踏み締めたにしては不自然な音が鳴り、耳障《みみざわ》りな断末魔が小さく響く。目玉がコロコロと転がって、幼女はその目玉をも追いかけると、躊躇《ちゅうちょ》なく鷲摑《わしづか》み、無言でぐしゃりと握り潰した。

ニコラはその一部始終を目撃して、思わず片手で顔を覆う。

それからため息を吐くと、幼女の背後に仁王立ちして言った。

「こら、基本をすっ飛ばしてそういう略式をしない。ちゃんと祓詞《はらえことば》は教えたでしょ。ちゃんと段階を踏みなさい」

だが、幼女はぷくっと不服そうにむくれて、ニコラを見上げる。

「だって、シャルくんがこうやってたもん。シャルくんが、わたしにもできるよって言った」

「………」

「お母さんだって、お父さんが持ってかえってきたのを祓うとき、こうしてるのに」

「……まぁ、うん」

そう言われると、耳が痛い。そういう手抜きは子どもの見ていない所でやっていたつもりだが、残念ながら目撃されていたらしかった。けれど、それはそれ。ニコラは膝《ひざ》を折って、娘と視線を合わせる。

「でも、こういうのは基礎が大事なんだから、今はまだ駄目」

「……はーい」

幼女は面白くなさそうに唇を尖《とが》らせるが、渋々頷《うなず》いた。

年相応には愛らしくも、特筆するほど整った造形でもない、その子ども。

父親譲りの瞳の色を除けば、まるっきりニコラをコピーしたかのようなその少女は、ニコラとジークハルトの間に生まれた一人娘だった。

飽きっぽいのが玉に瑕《きず》だが、すくすくと育ち、最近は何でも自分でやりたがる、お転婆の盛りである。ちなみに、視《み》える、聞こえる、触れると三拍子揃《そろ》った、立派な霊媒体質でもあった。

「それにしても、シャルもシャルだ。人ん家の娘にいらんことを教えてくれる……。ねぇ、他にも妙なこと教えられてない？」

ニコラはひょいと娘を抱き上げると、紫の瞳をじっと覗《のぞ》き込む。娘は何かを思い出すように視線を空に投げて、それから屈託《くったく》なく笑った。

「ざこや小物をね、エルンストさんにむかって投げつけたら、おもしろいものが見れるよって」

「うん、やめてさしあげなさい」

そりゃあ、彼の背後にはどえらい守護霊が憑《つ》いている。

それはもう、半端なモノなら近付くだけで消し飛んでしまうような、ハチャメチャに強い守護霊だ。

確かに小物を彼に向かってぶん投げようものなら、一瞬でジュッと蒸発してしまうことだろうが。

ニコラはなんだか複雑な気分になって、遠い目をした。

「……まだ、実行してないでしょうね」

「うん。まだ」

「本当に、やめてさしあげな……？」

まだという表現に、実行するつもりがあったことを悟り、ニコラは思わず眉間《みけん》を揉《も》む。

このわんぱく具合は、間違いなくニコラやジークハルトの遺伝ではない。確実に、アロイスやシャルから受けた悪影響だろう。ちなみに被害者は、大体いつもエルンストだ。御愁傷様と思う他ない。

ニコラは彼らを順繰りに思い浮かべ、ため息を吐いた。

「それから……。その言葉遣い、お外とかお父様の前ではやめなね」

腕の中の娘はといえば、くしゃっと顔を歪《ゆが》めて身を捩《よじ》る。そういう表情もニコラに生き写しと言われる所以《ゆえん》なのだが、だが残念。

小言からの逃げ道をなくす為に抱き上げたのだ。残念ながら娘に逃げ場はなかった。

「……お母さんのケチ」

前世の記憶があったニコラとは違い、娘は生まれた時から侯爵令嬢であるはずなのに、何故か一向に淑女然とした言葉遣いが身につかない。ニコラの前でだけは、こうして砕けた口調になってしまうのだ。

「お父様」「お母様」という呼び方は、ニコラと二人っきりになった途端に「お父さん」「お母さん」という砕けた物言いに、早変わりしてしまう。

だが、これればかりは確実にニコラの悪影響であるからして、きつく叱るわけにもいかなかった。

せめてTPOに応じて使い分けできるようになってくれよと、形ばかりの苦言を呈《てい》せば、娘はムッとしたように斜め上の返答を返す。

「しないよ。話し方までお母さんと同じになったら、お父さんもっと暴走するもん」

「…………」

正直なところ、否めなかった。

ニコラを溺愛してやまなかったジークハルトは、ニコラをそっくりそのまま子どもの姿に戻したような娘に対しても、溺愛のベクトルを向けている。曰《いわ》く「愛した人に似たんだよ。余すところなく宝物に決まってる」とのことである。

現状、娘は父親の前ではお淑《しと》やかな喋《しゃべ》り方をしているのだが、確かにこれで口調までニコラそっくりの、ぶっきらぼうな物言いになってしまえば、猫可愛がりは際限なく加速してしまうだろう。

ジークハルトの前ではきちんとお淑やかな猫を被《かぶ》るのは、娘なりの自衛方法でもあるらしい。

うへぇと言いたげな表情までもが自分そっくりの娘に、ニコラは苦笑して呟《つぶや》いた。

「全く。似なくていいところまで似るんだから……」

決してジークハルトのことを嫌っているわけではないにも関わらず、この対応なのだから、可愛げがない。つくづく瞳の色以外は自分そっくりだとニコラは嘆息するばかりだ。

娘はニコラを見上げると、何やら悟ったような表情を浮かべて言った。

「わたしがお母さんに似てるのは、もう諦めるしかないんだよ。お父さん似の要素は、弟に期待してあげて」

「弟……？」

一人っ子である娘の周りに、弟分になりうる年下の男の子はいないため、ニコラは首を傾《かし》げる。ん、と頷いた娘が無言で指差す先を見れば、それは己の薄い胎《はら》で。ぱちくりと瞬《また》くこと数回。

頭の中でひぃふぅみぃと数えてから、ニコラはあちゃーと片手で顔を覆う。

ここ最近口にした食べ物の中に、障《さわ》りのある物が含まれていないかをざっくりと確認してから、ニコラはホッとひと息ついた。

順調に行けば、エマとアロイスのところの二人目と、ギリギリ同い年になるだろうか。そんなことを考えながら、ニコラは娘と視線を合わせる。

「分かるの？　ていうか、弟なんだ」

「うん。男の子、だとおもう」

「そっか」

子どもの勘は、馬鹿にならない。おまけに言えば、しっかりと第六感の開花した娘だ。

多分当たるんだろうな、などと思いながら、ニコラは眦《まなじり》を下げる。

困ったことに、守るべきものも、守りたいものも、際限なく増えてゆくばかりだ。

けれど、それはきっと、幸福とイコールでもあるのだろう。

「弟、嬉《うれ》しい？」

「うれしいよ。おなじものが視えるといいなぁ」

「うーん。それはまだ、何とも言えない……」

娘をゆすって抱き直そうとすれば、とん、と背中に何かが当たる。次いで、娘の重みがふっと軽くなった。ニコラの後ろから伸びてきた腕が、ニコラごと娘を抱いたのだ。

耳元で、ひそやかに微笑《ほほえ》む音がする。

「二人とも、随分と楽しそうだ。どんな話をしているの？」

ニコラは娘と顔を見合わせて、どちらからともなくクスクスと笑った。

抱きしめられた身体のかたちに沿《そ》うように、居心地の良い場所を探して身じろぎする。それから、娘と頬《ほお》を寄せ合うと、そっくりな仕草で唇に指を添える。

「ざんねん」

「まだ内緒です」

「ねー」

そんな二人を咎《とが》めるでもなく、愛おしいものを眺めるような目で見るジークハルトに、ニコラはそっと体重を預けた。

ニコラは望まれたから、この腕の中にいるのではない。確かに自ら望み、望まれて、今ここにいる。そう思えることもまた得がたい幸福なのだろうと、静かに頬《ほお》を緩《ゆる》めた。つむじに、口付けがひとつ降ってくる。

娘はといえば、母の関心が自分から逸《そ》れたことにご立腹なのか、父と母の隙間にぐりぐりと頭を押し付けてくる。それが何とも擽《くすぐ》ったくて、二人揃《そろ》って笑い声を上げた。

あとがき

こんにちは、伊井野です。

この度は祓い屋令嬢の三巻を手に取ってくださり、有難うございます。

元々、一巻で終わるはずだったこの物語が、まさか三巻まで続くとは。その上、完結という形で、きちんと締めくくることが出来るとは。私自身、思いもよらないことでした。

これもひとえに、本シリーズを手に取ってくださった、読者の皆さまのおかげです。完結までお付き合い下さった皆さま方、本当に、本当に有難うございました。

思えば、一巻の刊行が決まってから、怒涛《どとう》の日々でした。何せ、元が一巻までの内容です。二巻以降は、原稿のストックはおろか、アイデアのストックすらありませんでした。

やっと一巻の刊行作業が終わったかと思えば、すぐに二巻の構想を練る段階からの再出発です。息をつく間もなく二巻の原稿作業に入り、刊行作業、今度は三巻の構想へ取り掛かり……といった具合で、てんてこ舞いの一年半でした。ですが、得難い経験であったとも思います。

正直なところ、伊井野がいち読者として読むジャンルは、専らミステリーやサスペンスが多いです。

「恋愛小説の伏線の張り方って、果たしてこれで合っているんだろうか？」と、頭を悩ませたこともしばしば。そんな手探りの中で生まれたのが、【異世界恋愛】×【オカルト】×【ミステリー】という、祓い屋令嬢シリーズでした。

紆余曲折《うよきょくせつ》の産物といえばそれまでですが、結果としては、あまり他所では見かけない、物珍しいジャンルになったのではないかと思います。

（ミステリーといっても、かなりライトな物ではありますが……）

しかしこのジャンル、意外と相性がいい。【異世界恋愛】×【オカルト】×【ミステリー】というこの分野、もっと書き手さんが増えたらいいのにな、という密かな願いを込めつつ、このあとがきを書いております。

――最後に。

この本を世に出すにあたり、担当編集さん、可愛いニコラを描いてくださったきのこ姫先生をはじめ、大変多くの方にお世話になりました。本当に有難うございます。

そしてとびきりのお礼はもちろん、この本を手に取ってくださった読者さまに。

それでは、またどこかでお会い出来ることを祈りつつ。

伊井野　いと

DRE NOVELS

祓い屋令嬢ニコラの困りごと 3

2024年2月10日　初版第一刷発行

著者　伊井野いと

発行者　宮崎誠司

発行所　株式会社ドリコム
〒141-6019　東京都品川区大崎2-1-1
TEL　050-3101-9968

発売元　株式会社星雲社（共同出版社・流通責任出版社）
〒112-0005　東京都文京区水道1-3-30
TEL　03-3868-3275

担当編集　藤原大樹

装丁　おおの蛍（ムシカゴグラフィクス）

印刷所　図書印刷株式会社

Printed in Japan
ISBN978-4-434-33388-0

ファンレター、作品のご感想をお待ちしております。
右の二次元コードから専用フォームにアクセスし、作品と宛先を入力の上、
コメントをお寄せ下さい。
※アクセスの際に発生する通信費等はご負担ください。